走，总会到的

林海音——著

符立中——主编

江苏凤凰文艺出版社
JIANGSU PHOENIX LITERATURE AND
ART PUBLISHING, LTD

目　录

第三部 ❋ 教子无方

第四部 ❀ 她今年九十五岁喽！

第五部　甲子的同学会

第一部

爸爸的花儿落了

　　爸爸说:"英子,不要怕,无论什么困难的事,只要硬着头皮去做,就闯过去了。"

　　"那么爸不也可以硬着头皮从床上起来到我们学校去吗?"爸爸看着我,摇摇头,不说话了。

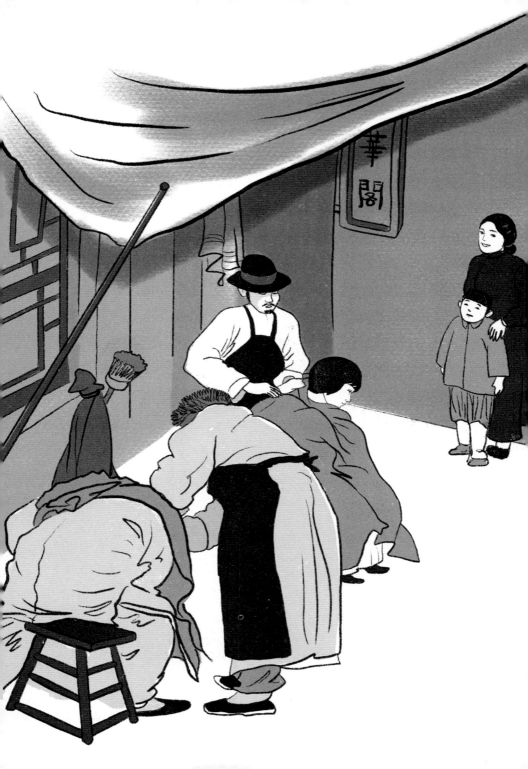

爸爸的花儿落了

新建的大礼堂里，坐满了人。我们毕业生坐在前八排，我又是坐在最前一排的中间位子上。我的衣襟上有一朵粉红色的夹竹桃，是临来时妈妈从院子里摘下来给我别上的。她说：

"夹竹桃是你爸爸种的，戴着它，就像爸爸看见你上台时一样！"

爸爸病倒了，他住在医院里不能来。

昨天我去看爸爸，他的喉咙肿胀着，声音是低哑的。我告诉爸，行毕业典礼的时候，我代表全体同学领毕业证书，并且致谢词。我问爸，能不能起来，参加我的毕业典礼？六年前他参加我们学校的那次欢送毕业同学同乐会时，曾经要我好好用功，六年后也代表同学领毕业证书和致谢词。今天，"六年后"到了，我真的被选做这件事。爸爸哑着嗓子，拉起我的手笑笑说：

"我怎么能够去？"

但是我说："爸爸，你不去，我很害怕，你在台底下，我上台说话就不发慌了。"

爸爸说："英子，不要怕，无论什么困难的事，只要硬着头皮去做，就闯过去了。"

"那么爸不也可以硬着头皮从床上起来到我们学校去吗？"爸爸看着我，摇摇头，不说话了。他把脸转向墙那边，举起他的手，看那上面的指甲。然后，他又转过脸来叮嘱我：

"明天要早起，收拾好就到学校去，这是你在小学的最后一天了，可不能迟到！"

"我知道，爸爸。"

"没有爸爸，你更要自己管自己，并且管弟弟和妹妹，你已经大了，是不是？"

"是。"我虽然这么答应了，但是觉得爸爸讲的话很使我不舒服，自从六年前的那一次，我何曾再迟到过？

当我在一年级的时候，就有早晨赖在床上不起床的毛病。每天早晨醒来，看到阳光照到玻璃窗上，我的心里就是一阵愁：已经这么晚了，等起来，洗脸，扎辫子，换制服，再到学校去，准又是一进教室就被罚站在门边。同学们的眼光，会一个个向你投过来。我虽然很懒惰，却也知道害羞呀！所以又愁又怕，每天都是怀着恐惧的心情，奔向学校去。最糟的是，爸爸不许小孩子上学乘车的，他不管你晚不晚。有一天，下大雨，我醒来就知道不早了，因为爸爸已经在吃早点。我听着，望着大雨，心里愁得不得了。我上学不但要晚了，而且还要被妈妈打扮得穿上肥大的夹袄（是在夏天！），和踢拖着不合脚的油鞋，举着一把大油纸伞，走向学校去！想到这么不舒服地上学，我竟有勇气赖在床上不起来了。等一下，妈妈进来了。她看我还没有起床，吓了一跳，催促着我，但是我皱紧了眉头，低声向妈哀求说：

"妈，今天晚了，我就不去上学了吧？"

妈妈就是做不了爸爸的主，当她转身出去，爸爸就进来了。他瘦瘦高高的，站在床前来，瞪着我："怎么还不起来，快起！快起！"

"晚了！爸！"我硬着头皮说。

"晚了也得去，怎么可以逃学！起！"

一个字的命令最可怕，但是我怎么啦！居然有勇气不挪窝。

爸气极了，一把把我从床上拖起来，我的眼泪就流出来了。爸左看右看，结果从桌上抄起鸡毛掸子倒转来拿，藤鞭子在空中一抡，就发出咻咻的声音，我挨打了！爸把我从床头打到床角，从床上打到床下，外面的雨声混合着我的哭声。我哭嚎，躲避，最后还是冒着大雨上学去了。我像是一只狼狈的小狗，被宋妈抱上了洋车第一次花五大枚坐车去上学。

我坐在放下雨篷的洋车里，一边抽抽搭搭地哭着，一边撩起裤脚来检查我的伤痕。那一条条鼓起的鞭痕，是红的，而且发着热。我把裤脚向下拉了拉，遮盖住最下面的一条伤痕，我最怕被同学耻笑。

虽然迟到了，但是老师并没有罚我站，这是因为下雨天可以原谅的缘故。老师教我们先静默再读书。坐直身子，手背在身后，闭上眼睛，静静地想五分钟。老师说："想想看，你是不是听爸妈和老师的话？昨天的功课有没有做好？今天的功课全带来了吗？早晨跟爸妈有礼貌地告别了吗？……"我听到这儿，鼻子抽答了一下，幸好我的眼睛是闭着的，泪水不至于流出来。

正在静默的当中，我的肩头被拍了一下，急忙地睁开了眼，原来是老师站在我的位子边。他用眼神告诉我，叫我向教室的窗外看去，我猛一转头看，是爸爸那瘦高的影子！

我刚安静下来的心又害怕起来了！爸为什么追到学校来？爸爸点头示意招我出去。我看看老师，征求他的同意，老师也微笑地点点头，表示答应我出去。我走出了教室，站在爸面前。爸没说什么，打开了手中的包袱，拿出来的是我的花夹袄。他递给我，看着我穿上，又拿出两个铜板来给我。

后来怎么样了，我已经不记得，因为那是六年以前的事了。只记得，从那以后，到今天，每天早晨我都是等待着校工开大铁栅校门的学生之一。冬天的清晨站在校门前，戴着露出五个手指头的那种手套，举了一块热乎乎的烤白薯在吃着。夏天的早晨站在校门前，手里举着从花池里摘下的玉簪花，送给亲爱的韩老师，她教我跳舞。

啊！这样的早晨，一年年都过去了，今天是我最后一天在这学校里啦！"当、当、当"，钟响了，毕业典礼就要开始。看外面的天，有点阴，我忽然想，爸爸会不会忽然从床上起来，给我送来花夹袄？我又想，爸爸的病几时才能好？妈妈今早的眼睛为什么红肿着？院里大盆的石榴和夹竹桃今年爸爸都没有给上麻渣，他因为叔叔被日本人害死，急得吐血了。到了五月节，石榴花没有开得那么红，那么大。如果秋天来了，爸还要买那样多的菊花，摆满在我们的院子里、廊檐下、客厅的花架上吗？

爸是多么喜欢花。

每天他下班回来，我们在门口等他，他把草帽推到头后面抱起弟弟，经过自来水龙头，拿起灌满了水的喷水壶，唱着歌儿走到后院来。他回家来的第一件事就是浇花。那时太阳快要下去了，院子里吹着凉爽的风，爸爸摘下一朵茉莉插到瘦鸡妹妹的头发上。陈家的伯伯对爸爸说："老林，你这样喜欢花，所以你太太生了一堆女儿！"我有四个妹妹，只有两个弟弟。我才十二岁……我为什么总想到这些呢？韩主任已经上台了，他很正经地说：

"各位同学都毕业了，就要离开上了六年的小学到中学去读书，做了中学生就不是小孩子了，当你们回到小学来看老师的时候，我一定高兴看你们都长高了，长大了……"

于是我唱了五年的骊歌，现在轮到同学们唱给我们送别："长亭外，古道边，芳草碧连天。问君此去几时来，来时莫徘徊！天之涯，地之角，知交半零落。人生难得是欢聚，唯有别离多……"

我哭了，我们毕业生都哭了。我们是多么喜欢长高了变成大人，我们又是多么怕呢！当我们回到小学来的时候，无论长得多么高，多么大，老师！你们要永远拿我当个孩子呀！

做大人，常常有人要我做大人。

宋妈临回她的老家的时候说："英子，你大了，可不能跟弟弟再吵嘴！他还小。"

兰姨娘跟着那个四眼狗上马车的时候说："英子，你大了，可不能招你妈妈生气了！"蹲在草地里的那个人说："等到你小学毕业了，长大了，我们看海去。"

虽然，这些人都随着我的长大没有了影子了。是跟着我失去的童年一起失去了吗？

爸爸也不拿我当孩子了，他说："英子，去把这些钱寄给在日本读书的陈叔叔。"

"爸爸！"

"不要怕，英子，你要学做许多事，将来好帮着你妈妈。你最大。"

于是他数了钱，告诉我怎样到东交民巷的正金银行去寄这笔钱，到最里面的台子上要一张寄款单，填上"金柒拾圆也"，写上日本横滨的地址，交给柜台里的小日本儿！我虽然很害怕，但是也得硬着头皮去。这是爸爸说的，无论什么困难的事，只要硬着头皮去做，就闯过去了。

"闯练，闯练，英子。"我临去时爸爸还这样叮嘱我。

我心情紧张，手里捏紧一卷钞票到银行去。等到从高台阶的正金银行出来，看着东交民巷街道中的花圃种满了蒲公英，我高兴地想：闯过来了，快回家去，告诉爸爸，并且要他明天在花池里也种满蒲公英。

快回家去！快回家去！拿着刚发下来的小学毕业文凭——红丝带子系着的白纸筒，催着自己，我好像怕赶不上什么事情似的，为什么呀？

进了家门来，静悄悄的，四个妹妹和两个弟弟都坐在院子里的小板凳上，他们在玩沙土，旁边的夹竹桃不知什么时候垂下了好几个枝子，散散落落地很不像样，是因为爸爸今年没有收拾它们——修剪、捆扎和施肥。石榴树大盆底下也有几粒没有长成的小石榴，我很生气，问妹妹们：

"是谁把爸爸的石榴摘下来的？我要告诉爸爸去！"

妹妹们惊奇地睁大了眼，她们摇摇头说："是它们自己掉下来的。"

我捡起小青石榴。缺了一根手指头的厨子老高从外面进来了，他说："大小姐，别说什么告诉你爸爸，你妈妈刚从医院来了电话，叫你赶快去，你爸爸已经……"他为什么不说下去了？我忽然觉得着急起来，大声喊着说："你说什么？老高。"

"大小姐，到了医院，好好儿劝劝你妈，这里就数你大了！就数你大了！"

瘦鸡妹妹还在抢燕燕的小玩意儿，弟弟把沙土灌进玻璃瓶里。是的，这里就数我大了，我是小小的大人。我对老高说："老高，我知道是什么事了，我就去医院。"我从来没有过这样的镇定，这样的安静。

我把小学毕业文凭，放到书桌的抽屉里，再出来，老高已经替我雇好了到医院的车子。走过院子，看到那垂落的夹竹桃，我默念着：

爸爸的花儿落了，我也不再是小孩子。

海淀姑娘顺子

汕头人柯先生在北京王府井大街开了一家花边公司，专卖各种手工缝绣的家庭和妇女用品，像床单、枕套、桌巾、椅垫、窗帘纱、手绢、睡衣，等等。用中国的材料、中国的手工，制出现代生活用品，外国人说它是中国味儿，中国人说它是洋味儿。因此吸引了很多中外人士来买，这全仗了店主人柯先生会动脑筋做生意。

王府井大街是北京出名的大街，我常常经过这里，三间门脸儿的花边公司，中间是大门，两边是宽大的玻璃橱窗，摆着各种成品，无一不令我喜爱。就像山东茧绸的晨衣吧，前后身都绣着大团龙的花纹。茧绸是野蚕丝织成的绸子，未经漂染，保持着浅黄的本色，织纹也不是像别的绸料那样细致，所以它特别有一种天然纯朴的味道。上面所绣的团龙有红、蓝、绿、白各色。它是在夏季穿的，又轻、又薄、又凉快。

成套的桌巾，也是可爱的东西，雪白的夏布上，配上极鲜明的各色绣线，用十字绣线绣上花卉或风景，漂亮极了！花卉是洋味儿的，比如成簇的郁金香啦，康乃馨啦，蒲公英啦；风景呢！就是中国味儿的了，光是北平的风景就绣不完了，万寿山、玉泉山、白塔什么的。夏布的好处是耐洗不会松软，更不会像棉织品那样起毛。它是又平整，又骨力。

有一天，我终于忍不住，走进了花边公司，并没有要买什么的目的，只想挑一两样小巧的东西。

在玻璃柜里，我发现一些可爱的小手绢，它是用两色细纱缝合成的，有一边绣上大写的英文字母，一看就知道是为顾客选英文姓名用的。我就选了两条有 L 的姓的前缀的。价钱并不贵，真出乎我的意料，我后悔曾徘徊在橱窗前那么多次，都没敢进来。我好喜欢这两条手绢，简直舍不得拿它擦油嘴或者挖鼻子用。

有了开头，以后我就常常去照顾它了。有了钱，就去买条手绢或绣花首饰盒什么的，是以一种欣赏艺术品的心情去买的。碰到有女同学或女朋友的生日、结婚，也总是想到花边公司买点儿什么做礼物。

在这种情形下，我终于和主人柯先生夫妇认识了。瘦瘦的先生，高颧骨，戴着眼镜；胖胖的太太，矮个子，坐在柜台里管账。

柯先生听说我是在做着记者这门行业，不敢怠慢，每次我去，他都过来热心地招呼我，和我谈这谈那，十分殷勤。我嘛，又是记者本色，总要问东问西，他都一一回答和解说。大概他看准了我早晚有一天会给他写点儿什么上上报吧！

花边公司的生意，并不是单靠王府井这门市卖的，他们主要的还是外销。柯先生说，中国人的家庭生活水平，在穿着和壁室方面，是比不上欧美人士讲究的，而花边公司的出品，正是属于这两方面的，所以，他们一定要动洋鬼子的脑筋，看什么能迎合外国人的，就做什么，这是很重要的。我听了就捧捧柯先生，我说：

"我常常觉得中国人里的广东人和山东人，是最最会做生意的了；广东人会动新脑筋，山东人保持老作风。无论如何，你们都有一个共同的优点，就是勤勉。生活，什么比得了勤勉更重要呢！"

柯先生听了很开心，不住地耸动着他那牌楼般的方肩膀，直笑着，直点头。

柯先生已经知道我是跑妇女及教育新闻的记者，他开始向这方面进攻了，他说：

"林小姐，为什么不去看看我们在海淀的工厂呢？那里全部是女性。你可以观看她们工作的情形，我们管理的方法，访问访问她们也好呀！"

起先，我有点儿不高兴去。我心想，你倒会打算盘，你这不过是私人的生意，我去访问了登在报上，不是等于给你们做了不花钱的广告吗？而且，我们报馆的老板，打的算盘只有比你精，没钱的广告，他才不登呢！

但最后我还是答应了。北京不是工业城市，又是个保守的地方，许多女工在一块儿工作的情形，不知是个什么情景，我既是女记者，就应该去看看，而且，还可以借此出城走走。

海淀在北京西直门外约一二里的地方，我一年总要经过几次。春天到万寿山、八大处去旅行，偶然到燕大、清华去找朋友，秋天到西山看红叶，都要经过海淀，但很少停在海淀。有时也会停下来的，为的是在海淀街上的店铺里买几瓶"莲花白"，一种性质比白干儿淡些的酒。我很喜欢喝酒，但只有半小杯的量，还闹着要喝像莲花白这样的酒。它喝起来是辛辣中带着甘甜的味道，香喷喷的。所以到了海淀，别的不知道，就知道带两瓶莲花白回来。

出了西直门，到了海淀，柯先生的妇女工厂很快就到了。它是在一条胡同里，高台阶、小黑门，好像是住家的样子。但是到了里面，才看出它并不像一般的四合院或三合院。前面是一条横长的院子，有一排前后玻璃窗的房子，所以房里很敞亮。房后又是一个很宽敞的院子，院里有两棵大槐树。

这时是盛夏了，浓荫下许多妇女坐在小矮凳上，不用说，她们就是这里的女工了。她们的年龄，从十三四岁到四五十岁都有。她们正静静地低头做活计，没有一点声响。她们穿得很朴素。北方人总是这样的，无分冬夏，家常总喜欢穿深蓝、浅蓝的衣服；大褂儿，或者衣裳裤子。平平整整，干净利落。姑娘们有的剪了短发，有的是梳着一条或两条辫子。两条辫子的，系着黑缎带，一条辫子的，就扎了红头绳的辫根，年纪大的还是梳髻。

屋子里也是一排排的矮凳，坐满了人。她们的工作该是不需要桌子的，而且长时间地坐着，矮凳也比较舒服。因此，膝盖头也就当了小桌子，各色的绣线，一绺一绺地搭在膝盖头上，小剪子也搁在膝盖头上，针呢，就别在大腿裤上。她们今天所做的活儿，大概是同一批货，大都是在夏布上绣十字花。细细的针，在那细小细小的布丝上数着，一根、两根、三根、四根，在第四根的布丝上扎下去。这样一根根、一片片地数下去，扎下去。膝盖头儿上一绺绺的线绣完了，一块桌巾、一幅窗帘，也就完成了。赏心悦目的手工艺品，原来都是出于海淀姑娘们的纤纤细手。

我随着柯先生夫妇乍一进来，当然引起了她们的注意，她们都不由得抬起头来望了一眼陌生的我，随即就又低下头去工作了。

柯先生领着我在她们的行列中走着，我就左右两边地看。柯先生给我讲解，不时拿起她们的活计给我看。我这时不免又三句离不了我那好问的记者本行，我问柯先生：

"请问，她们的家大都住在什么地方？在城里吗？"因为柯先生说过，她们都是上班制的，工作从每天上午八点到下午五点，所以我才有了这问题。

"她们大都在海淀附近住。"

"那么，她们大都是海淀本地人喽！"

"本地人，可以说全部是本地人啊！"然后柯先生愉快地伸手指指坐在面前的一群少女，说，"喏！都是海淀姑娘啊！"

"啊……"我随和着笑笑，并且轻轻地念这几个字："海淀姑娘"，很可爱的味道。

面前的一群少女也抬头看了我们一眼，微微地笑了。

柯先生要我随便跟她们谈话，访问她们，他又放大了声音对大家说：

"林小姐是报社的大记者，她要跟你们谈谈。"

于是姑娘们又一次抬头看了看我。

我无非问问她们，工资怎么个算法呀，每个月可以挣多少钱呀，做了多久啦，怎么开始学的呀，家里有多少人哪，这类的话。

访问的结果，我发现这里很多女工是母女、姐妹、姑嫂、妯娌同来的。这样看起来，柯先生的花边工业，对于海淀这地方的一些家庭来说，也多多少少有些补助了。但不知柯先生怎么选定了海淀这地方做工厂的？是因为海淀的姑娘们特别会缝缝绣绣的吗？还是由于柯先生的眼光，才给海淀兴起了这种风气的呢？这些问题，我想可以在回城的路上问柯先生的。

访问了这位、那位，也差不多了。我暂时停止了访问，在小板凳的行列中漫步着，不时地停下来，低头注视着她们细巧的手艺。有点热，她们的鼻子尖沁出了细粒的汗珠。我也是。我抬起头来，用手绢抹一抹鼻尖的汗珠，拢拢头发。忽然那边墙角的一位姑娘也抬起了头。我们打了一个照面，她又低下头去，我却恍惚了。

我立刻感觉那是一个我所熟悉的面孔，但她是谁呢？

她是谁呢？圆圆的脸蛋儿、宽宽的额角、吊眼角、单眼皮，挺俏式的！

我在行列中停住了脚步，净想着。我再向她看去，只能见到她的前额、她的低垂的头。头发是剪过的，所以我分不出她是已婚的少妇，还是未婚的大姑娘。但是那额头对我实在不陌生，她为什么不再抬起头来呢？

幼年住在椿树上二条时，我有一群好伴侣，厢房里的一窝小油鸡。每天放学回家喂小油鸡是我爱好，把小油鸡喂得黄绒绒的细毛快变成羽毛时，竟在某一个夜里被野猫全部吃掉。我哭着、喊着、跺着脚说："我要报仇，我要给小油鸡报仇！"因此即使过去了那么久，我还是不喜欢猫这种动物。

一直到妈妈在土地庙给我买来了小黑—— 一条小哈巴狗，我才算恢复了又有游伴的生活。小哈巴狗身材矮小，一身黑鬈毛，猛看不好看，玩久了很可爱。

小黑不像小油鸡，它要往大门外跑，这才引来了住在对门的顺子，我们俩一块跟小黑玩。我六岁，已经在附小一年级了，顺子说她八岁，那不是三年级了吗？所以我问她：

"你在三年级呀？"

她摇摇头，说："我没有上学。"

没上学，没关系，我只要有一个街坊做朋友玩，就好。我的弟弟、妹妹太小。我也不知道顺子家是做什么的，这都没关系，只要她来了，就是快乐。

顺子虽然不认识字，但是她另有本事，她会用针啦线啦缝东西。五月节的时候，她用五彩丝绒线缠了一串小粽子给我，我挂在衣钮上，摇来晃去的，美死了！

因此我们的游戏趣味，又从玩小狗到做针线活儿了。我不会穿针，不会引线，只能给她打下手。我有一个小盒子，里面装了一个橡皮人，顺手给橡皮人缝了一条被、一个小枕头，于是小橡皮人就常常是睡觉的姿态了。顺子来了，我们就把橡皮人从被窝里请出来，带了小橡皮人串门儿，做客人。小橡皮人在家，不是做太太，就是做丫头。如果小橡皮人上学去的时候，就要由我来演老师或学生，因为顺子没上过学，她不知道老师或学生是怎么当法。

我们常把小橡皮人骑到小黑的背上，当作小黑驴儿，上西山。顺子说：

"哦喝！上西山要从我们海淀家的门口儿过啊！"

"海淀？什么？"我不懂。

"我们是海淀的人那！我爸爸说，皇上到西山避暑，我爷爷伺候过，所以皇上赏给我爷爷一块地，在海淀。"

顺子虽然这么说了，我可也还是不怎么明白。我就顺着她的话尾说：

"那，小橡皮人儿，小黑驴儿，就先从海淀走吧！哦喝！"

这是我第一次听说海淀，虽然我已经去过万寿山两次，应当从海淀经过的。

但是多么的不幸，小黑不知怎么竟疯了！妈妈不准我和顺子再接近它，把它锁在原来放小油鸡的厢房里，在那阴暗的角落里，小黑"汪汪汪"地狂吠着，不住地转身咬它自己的尾巴。

有很多天，小顺子和我，长时间地趴在厢房的玻璃窗外，向里面看。又怕，又心疼。她搂着我，我搂着她，看着小黑狂吠狂跳，无可奈何。看它口吐白沫倒在地上，终于死了。

我和顺子伤心又寂寞，手拉着手，在我们的胡同里溜达。就在另一家的门口，遇到了荷花儿。为什么这女孩子叫荷花儿，这么一个花的名字？我不知道，但是这名字很容易记就是了。

我们交了荷花儿这个朋友，又恢复了热闹的生活。荷花儿跟顺子一样大，也没上学，梳着的是一条辫子。看起来就像比顺子大点儿，又因为能出主意，我和顺子都要听她的。

我们过得很快活，放了学等她们来我家，是我最最最心花怒放的时间。我们说我们三个要永远的好下去，不许吵架，不许不理人。于是荷花儿教我们一个友情永存的办法。有一天我们从各人所吃的芝麻酱烧饼上取下一粒芝麻来，荷花儿带我们到墙角下，在地上刨开了一撮土，把三粒芝麻埋了下去。然后她很正经地说：

"谁要是不跟谁好，她就把埋在土里的芝麻挖出来好了。看她挖得出来吗？"荷花儿说着，斜着头，瞪着我们俩，我们俩就傻傻地点头，照样地做。

我们更加的亲密了，一个人的事情，就是三个人的事情。所以当没有爸爸的荷花儿说：

"我爸爸对不起我妈，他常打我妈，还带着别的女人跑了，不爱我妈。我妈说，男人都不是好东西，教我长大了不要嫁人。"

我和顺子都同情她，虽然我们不懂得做爸爸的带了别的女人跑了，是怎么的不好，可是看见荷花儿的母亲，靠着给人搓麻绳，纳鞋底子，又给人做大褂儿，就知道她们一定过得很苦，有一天，荷花儿又提起恨她爸爸恨男人的话，顺子竟同情地哭了起来。荷花儿说：

"那咱们三个人约好了都不要嫁人，好不好？"

顺子带着泪点点头，我有点犹豫。荷花儿盯住我。

"你呢？"

"我嘛……可是我爸爸很好呢！他对我妈很好。"

"我没说你爸爸不好，我是说咱们都别嫁人，嗯？"荷花儿紧盯着我问。

"可是我妈要让我嫁人哪！她常说，要用八人大轿把我送到新郎家。"

"那……"荷花儿好像放松了我，"你要嫁就嫁吧，可别后悔！"

我想了想，还是站在她们一边儿好，我怎能因为嫁人而失去她们呢，所以我终于说了："那我也不嫁算了。"

荷花儿很高兴，拉着我和顺子的手说："好，那咱们就一言为定喽，谁都不许嫁人！"

当埋芝麻和不嫁人的约定正闹得很凶的时候，忽然一个意外的事情发生了——我家要搬离开椿树上二条了！我怀着万分伤感的心情，告诉顺子和荷花说：

"我们明天要搬家了！"

"搬家？搬到哪儿去？"

"不知道，一所更好更大的房子。"

我哪里说得出我家要搬到哪儿去呢，而她们既不会说"把地址抄一个给我吧"，也不会说"有空来找我们玩吧"这种话，就这样，我们三个人的一段友谊结束了。

搬到新的家以后，有很长一段时间，我都不习惯。常站在家门口，看斜对门的人家一开门，总以为是顺子就要出来了，还有那又凶、又能干的荷花儿。等到觉出不对时，才怅然的回家来。

这一切，过去很多年了，但是，今天在海淀妇女工厂的一个角落里，竟看见了我曾熟悉的影子，啊！那边靠墙坐着的，不是顺子吗？不是吗？

我站在这儿，也许很久了，呆呆地注视着我身边的一个小女工做活。其实，我视若无睹，根本就不知道这个小姑娘在做什么活儿，柯先生却以为我特别喜欢身边这个小姑娘所做的抽纱手绢呢，所以他又特别跑过来给我讲解了，他说：

"抽纱的手工也很巧。把四边的横丝抽去了，再由另外的高手在那直纱上缝上花样。喏，她们，里面靠墙角的几个姑娘，都是高手呢。"

柯先生所指的方向，正是那熟悉的影子所坐的地方。柯先生领我过去看，我不能不随他穿过面前的行列，走到更接近她的地方。

我为什么不招呼她一下呢？或者问一问"咱们是不是做过

街坊"这样的话呢？可是我没有。我是怕我的幻觉搅昏了我。相像的人多得很，而且回忆中的顺子，是幼年的影像，现在这位大姑娘或少妇，怎么就一定是顺子呢？

但是我呢？我和六岁的我有没有改变？她在抬起头来看见我的那一刹那，也曾怀疑这位女记者似曾相识吗？她知道什么叫女记者吗？北京的女记者不多，看样子只有一个我在出风头呢！

心头正兜起无边的怀念童年的心情，柯先生还絮絮叨叨地给女记者讲什么，我全不能留心地笔记或倾听了，只瞎点头答应着。

快中午了，走到院子来，柯先生的兴致很高，也很捧我场，他对女工们说：

"来来来，大家跟林小姐照一张相留纪念吧。"

女记者光荣的被安排在最中间的一张椅子坐下来。后面站两排，前面蹲一排，该是一张很热闹的照片——女记者和女工。

我回过头来扫视一遍站立的女工，可没有找到那个怀疑中的顺子。

等到离开工厂的时候，我在人群中也还是没有再见到她。离开那儿，怅然的，也有点后悔。

在回程的车上，柯先生很高兴地对我说：

"林小姐，我看，在这些手工里，你最喜欢抽纱的手绢。"

"你怎么知道？"其实我何尝特别喜欢它，只是随口这样反问一声就是了。

"因为我注意到你在抽纱手绢的那一群中，徘徊得最久，也特别细心地观察她们，是不是？"

我笑了笑，"是的，因为我觉得做抽纱的，该是这里最细巧的手工了，是不是？"

其实我徘徊那里，是在回忆，是在犹豫，该不该跟那个女工打招呼啊！

柯先生回答我说："在旁观者，也许是这么想，但是在她们，是差不多的。因为只要做熟了，都是一样的。"

"海淀的姑娘。"我随口这样念着。

"海淀的姑娘，"柯先生重复着我的话，"都是乖巧的姑娘，也是北方姑娘的一种典型。她们安静、纯朴。离都市近，却没有都市姑娘的浮；离乡下近，却没有乡下姑娘的怯。"

"所以你选择了海淀这地方，做你产品的大本营。"

柯先生，满意地哈哈大笑了。

回到城里，又到花边公司来休息。

话题还是没有离开海淀的工厂和女工们。

"再告诉我一些她们的故事吧！"我说。

因为我不能让我的特写中充满了生产的数字，或者民生的问题，我不是跑经济的记者呀！而且，更不能写得像花边公司的广告，这一点，我是要把握住的，报馆的老板，眼睛尖着呐！

"怎么样的故事呢？"柯先生抓抓头发问我。

"人情味儿的，跟你的工厂或工作不一定有关系的。"

"那，……"柯先生的脑筋像闪电那样快，立刻他就用两个手指打了一响，"我要告诉你一对母女的故事。"

据柯先生说，一个守寡多年的女人，只有一个女儿，母女相依为命。母亲三年前到工厂来做抽纱女工，每天由女儿送饭来，两人就在工厂里一块吃饭，然后女儿等待着母亲黄昏下工一起回家。后来，乖巧的女儿很快就也学会了十字绣和抽纱，在一年前也加入了女工的行列，并且成为最快速、最灵巧、最优秀的女工。而且她们母女所挣的钱，已经积存到买了一所小房子了。

柯先生言外之意是说，在他的工厂做活，可以挣到买房置产的钱。这个故事极为普通，而且带了浓厚的广告色彩，我没兴趣，笔记本子上，一个字也没记载上去。

接着，柯先生又讲了一些零零碎碎的小故事，因为谈到工厂多是母女、姑嫂、妯娌同来的，柯先生忽然转向柯太太说：

"讲李逊的故事给林小姐听吧！"

柯太太想了想，说："李逊？我今天好像没有看见她？"

柯先生说："来了，来了，坐在那个角落里，你没有看见吗？"

然后，柯太太对我说："李逊也是我们工厂里的优秀女工，可怜她本来就有一个悲凉的身世，还又发生了一件不幸的事情。"

柯先生打岔说："林小姐，那是你可以写成小说的材料，可惜你是记者不写小说，你写小说吗？"

"我一直想试试呢！"我笑笑说，"写新闻是要据实报道，一点儿也不可以加入自己的主观或想象，是为别人写。小说呢，只要真情实感，却不一定是真的，所以由采访新闻所得来的材料，常常可以做写小说的素材，可以说是写新闻的副产品，是真正为自己而写的。"

"那李逊就值得你写了。我告诉你她的故事，可不要写到妇女工厂的访问记里啊，那是难为情的。"柯太太嘱咐了我。

"不会啦，林小姐是怎样的记者，她不是已经说明了吗？这是副产品嘛！"柯先生请柯太太放心。

"李逊是海淀本地人，可是她随着父亲在北京城里住了好几年。那时她的父亲在城里做着小生意。李逊没有妈，父亲也没有再娶，她从小就在父亲的照顾下长大。因此也就从小小的年纪，担起一个家庭主妇的责任来。"

"没有其他的兄弟姐妹了吗？"

"没有，是个独生女儿。大概因为从小就学着料理家务，所以把父亲伺候得也就没有再娶的意思了。如今，你看她多能干，每天在这里做手工，回家还要伺候一个残疾人。"

"父亲残疾了？"

"父亲已经死了。故事就发生在这里，李逊所伺候的残废是她姐姐，是个毫无亲戚关系的姐姐。当她还住在城里的时候，认识了一个和她年龄相仿的女孩子，这个女孩子的身世也很可怜，当时和母亲相依为命。没想到这女孩子的母亲竟因贫病而去世了，李逊的心地非常善良，而且也乐于助人，她就要求父亲收容下这个小孤女。父亲当然不反对，因为正好可以给自己的女儿做伴，多一个乖巧的女儿，不是更好吗？但是不知道为什么，这两个女孩子，竟在那么小小的年纪，相约了要永远永远伺候仅存的一个长辈——李逊的父亲，不要嫁人了。"

"哦？为什么？"我不由得惊奇了一下。

"奇怪吧？一定是受了什么刺激，或者是北方也有像我们广东顺德有梳头女的风俗吗？我们顺德有许多女孩子在丝厂做工，收入也不错，她们就结拜姐妹，一生不嫁人，因此，如果看见那几十岁的女人，还梳着一条辫子，那就是抱独身主义、自食其力的梳头女啦！林小姐，你知道北方也有吗？"

"我倒没听说过。"

"她们情同手足，比亲姐妹还要互敬互爱。她们俩就这样的长大起来。这时倒是李逊父亲的身体日渐衰弱了……"

"我想，一定是那个孤女为了要报答李逊的父亲收容她的恩惠，所以才立誓不嫁人，要伺候他一辈子的。"

"也许原意是这样。我们再说李逊的父亲吧，他因为体弱，自己一个人再不能全部负起生意，非得有帮手不可了，而两个女孩子毕竟是不能抛头露面，旧式的生意，哪有女人插手的？所以李逊的父亲就把李逊的一个远房表哥找了来，这位表哥据说是一个诚实可靠又精明能干的青年。有了表哥，他们的生意不但保住了，而且做了起来，表哥常常来往于北京、张家口。做着皮货、口蘑这类的生意，后来是很不错的了。"

我在等着柯太太把故事继续说下去，她却停住了。

"怎么样了呢？该是这时发生了什么事情吧？"我有点性急，"一个能干的表哥，一个乖巧的表妹。"

其实柯太太很会讲故事，她是一步步细细地说，如同她身临其境。她听我的发问，连连地摇头：

"不不不，林小姐，你是以你摩登的现代女性的想法，以为表兄妹恋爱了，完全不是那么回事儿。在李逊父亲的生前，表哥是很少到家里来的，因为家里只有两个少女，北方家庭那么守旧，你是知道的，男女授受不亲啊！但李逊父亲确是有意让这个远房的表侄成为自己的女婿，可是没想到李逊拒绝了，做父亲的也就没有继续撮合，反正女儿还小嘛。但是没想到，过不久李逊父亲突然病死了，这样一来，因为有更多的事要表哥前来办，家里只剩了两个无依无靠的小孤女，表哥无形中就成了家庭中的一分子，这时不亲也得亲了。亲近的结果是……"

柯太太说着又停了下来。

"难道是其中一个和表哥发生了爱情？"我猜。

"这该是理所当然的事。"柯太太说。

"那到底是谁呢？"

柯太太不理会我的话，她接着说：

"这时有人来向李逊提亲了，所提的对方就是表哥。"我听到这儿笑了，我是觉得，我实在想象不出，朝夕相见的表兄妹，却要由媒人来向本人提亲，是个什么情景，柯太太却指着我说："我再说一遍，你完全不了解'保守'的意思，你以为表哥会于花前月下，两膝一落地，向表妹跪了下来吗？"

"那么到底表妹答应了吗？这是第二次，第一次是在李逊父亲还没有死的时候。"

"是的，这是第二次，也是第二次的拒绝，李逊是这样回答了媒人，她说，我跟我姐姐有约，我们都不嫁人了！"

"唉！"这实在是让我想不到的，但是，我也很奇怪，"姐姐？喔，就是那另一个孤女吗？"

"是的，就是荷花。"

"荷花？"

"荷花呀，就是那另一个孤女呀！"

"喔！荷花，好奇怪的名字！"我稍愣了一下，"后来呢？"

"后来嘛，提婚的事就搁了下来。一切归于平静，表哥仍是表哥，生意仍是生意，直到有一天，荷花和表哥私奔了。"

"是荷花！"我不由得惊异地叫了出来。

"原来那表面上的平静，掩盖住的却是荷花和表哥在暗暗地相恋。那么忠诚、善良而守信的李逊，是被蒙在鼓里的。"

"啊！所以只扔下了可怜的李逊。"我以为这是最后的结果。

"不，不，不，"柯太太连忙摇手，"她们现在仍生活在一起。"

"你是说他们三个？"

"不，只有李逊和荷花。林小姐，这是最悲惨，也是最感人的一幕。我简单地说吧，这私奔的一对，是要往口外跑，表哥因为做生意，张家口是个很熟悉的地方，没想到，在火车开动了不久以后，不知怎么个鬼使神差，荷花走出车厢去做什么，竟跌落在车轮下，没有做轮下鬼，却轧断了两条腿。"

荷花，荷花，一再出现荷花这名字。真使我不安。

"荷花又被送回到李逊的家里来，锯掉了两条腿。这倒像是对私奔者的惩罚！"

"那个表哥呢？"

"李逊原谅了表哥和荷花。荷花失去了双腿，变成残疾，不能再结婚。李逊愿意终生和她相守，因为她仍守着那不嫁人的约言。表哥不能再留下去了，独身奔向海角天涯。"

"那么父亲留下来的店呢？"

"店结束了，李逊带着荷花回到海淀的老家来。李逊在我们工厂里绣花，荷花在家里的床头上绣花，所以，荷花是我们工厂一个特殊的女工，她不用到工厂来。"

李逊、荷花、李逊、荷花，两个名字，对于我有一个奇妙的感觉。我又好奇地问：

"柯太太，李逊是哪一个，你可以告诉我吗？"

"让我怎么说呢，你刚才看见那么多的女工。"

"形容她一下好了。"

"她嘛……"柯太太思索着，"没有什么特征呢，……对了，额头宽宽的。"

"单眼皮？"

"是的，单眼皮，虽然不算美，可倒还俏皮的样子……"

还没等柯太太说完，我忽然问：

"李逊，名字怎么写？"

"逊，就是这边一个山川的川字，这边一个册页的页字。"柯太太用手指比画着说。

我也用手指在桌上比画着，然后不由得叫出来了："什么逊啊，明明是顺字嘛，柯先生，柯太太，你们是什么广东官话呀！"

我咬紧了我的嘴唇在回忆，是顺子，是顺子和荷花儿的故事，是真实的故事，不是传奇。当年有三个女孩子约定了不嫁人的，因为荷花儿说，男人不是好东西！如今呢，一个跟别人私奔了的荷花儿，一个有男朋友的女记者，顺子啊！你为什么守住那儿戏般的约言呀？我猛然想起了什么，对柯氏夫妇说：

"你们知道她们为什么有不嫁人的约言吗？因为荷花儿的父亲遗弃了她的母亲，使荷花儿母女过着那么孤苦的日子，所以荷花儿同情母亲，恨男人，才和顺子发誓不嫁人的。"

"林小姐，你怎么知道？这样猜想，已经开始写小说了吗？"柯先生笑了。

"嗯……也许柯太太故事讲得太真切了，不由得引起我的推断。"

"可是你说李逊，不，李顺，又为什么要守住约言呢？她的父亲又没对不起她母亲！我怀疑她们是同性恋爱吧！"柯先生不太关心女人，还拿人开玩笑。我很不平，正色地说：

"别那么侮辱顺子！顺子是一个极守信用、极富同情心而肯牺牲的人。她虽然没读过什么书，斗大的字也许认不到一车，可是她有中国旧式妇女的美德！我知道。"

"林小姐真是一个小说家了！"柯太太笑说。

"总之，这是一个奇怪又感人的事实，林小姐得到了她采访新闻的副产品。"柯先生摇着头说。

故事说完了，看看表，时间也不早了，我叹息着，起身告辞。柯先生这时从里面拿出一个盒子来，双手递给我笑着说：

"林小姐，你喜欢的东西，请多指教！"

里面是四条精致的抽纱手绢。葱绿、月白、粉红、鹅黄，四种颜色。柯先生一直以为我特别喜欢抽纱手绢，因为我在那里徘徊了那么长的一段时间。

"啊！谢谢你们，柯先生柯太太。"我把扁盒搂在胸前，不由地说，"这是李顺的手工吗？"

"Maybe，"柯先生耸耸肩用英语说，"也许是荷花的呢！"

"啊！汕头花边公司出品，海淀姑娘的手艺，童年友谊的记忆！"我这样对柯先生说。

柯先生哈哈地大笑了，他很开心，他一定以为，这一次的笼络女记者极为成功。他当然没有听清楚，也不明了，我最后一句话的意义。

文华阁剪发记

文华阁有一个小徒弟，他管给客人打扇子。客人多了，他就拉屋中间那块大布帘子当风扇，他一蹲，把绳子往下一拉，布帘子给东边的一排客人扇一下。他再一蹲，一拉，布帘子又给西边的客人扇一下。夏天的晌午，天气闷热，小徒弟打盹儿了，布帘子一动也不动，老师傅给小徒弟的秃瓢儿上，一脑勺子，"叭"！好结实的一响，把客人都招笑了。这是爸爸告诉我的，爸爸一个月要去两次文华阁，他在那里剃头、刮脸、掏耳朵。

现在我站在文华阁门口了。五色珠子穿成的门帘，上面有"文华"两个字，我早会念了，我在三年级。今天我们小学的韩主任，把全校女生召集到风雨操场，听他训话。他在台上大声地说：

"古人说，身体发肤受之父母，不可毁伤。各位女同学，你们的头发，也是从父母的身体得来，最好不要剪，不要剪……"

　　我不懂韩主任的话，但是我们班上已经有两个女生把辫子剪去了，她们臭美得连人都不爱理了，好像她们是天下第一时髦的人。现在可好了，韩主任说不许剪，看怎么办！大家都回过头看她们。可是，剪了辫子到底是什么样子呢？如果我也剪了呢？

　　韩老师正向我们微微笑。她站在风雨操场的窗子外，太阳光照在她的蓬松的头发上，韩老师没有剪发，她梳的是面包头，她是韩主任的女儿，教我们跳舞。韩主任一定也不许他的女儿剪发，我喜欢韩老师，所以我也不能剪。

　　但是我的辫子这样短，这样黄，它垂在我的背后，宋妈说，就像在土地庙卖的那条小黄狗的尾巴，所以她很不爱给我梳。早晨起床，我和妹妹打架，为了抢着要宋妈第一个给梳辫子。宋妈说："真想赌气把你们的两条狗尾巴剪了去，我省事，也省得你们姐儿俩睁开眼就打架！"

　　我站在文华阁的玻璃窗前向里看，布帘子风扇不扇了，小徒弟在给一位客人递热毛巾，他把那热手巾敷在客人脸上，一按一按的，手巾上冒着热气，我仔细一看，那客人原来是爸爸！他常常刮了胡子总要这么做的，我知道，热手巾拿开，就可以看见爸的嘴上是又红又亮的，但是我要赶快赶回家去了，不要让爸爸看见我。他常对我说："放学回家走在路上，眼睛照直地向前看，向前走，别东张西望，别回头，别用手去摸电线杆子，别在卖吃的摊子前面停下来，别……"可是照着爸爸的话做真不容易，街上可看的东西太多了，我要看墙上贴的海报，今天晚上开明戏院是什么戏？我要看跪在道边要饭的乞丐，铁罐里人家给扔了多少钱？我要看卖假人参的，怎么骗那乡下佬？我要看卖落花生的摊子，有没有我爱吃的半空儿？我要看电线杆子，上面贴着那张"天皇皇地皇皇我家有个爱哭郎"的红纸条。

我今天更要看看街上的女人，有几个剪了头发的？

我躲开文华阁，朝前走几步，再停下来站在马路沿上，眼前这个和我一般大的小姑娘，她扎着红辫根，打着刘海儿，并没有剪。马路边上走过一个老太婆，她的髻儿上扣着一个壳儿，插着银耳挖子，上面有几张薄荷叶，她能不能剪发呢？又过去一个女大学生，她穿着黑裙子、琵琶襟的竹布褂，头上梳的是蓬蓬的横头，她还有多久才剪发？

我看来看去，街上没有走过一个剪发的。

回到家里来，宋妈一迎面就数叨我：

"看你的辫子，早晨梳得紧紧的，这会儿呢，散的快成了哪吒啦！"

宋妈总是这么嫌恶我的辫子，有本事就给我剪了呀！敢不敢？要是真给我剪，我就不怕！不怕同学笑我，不怕出门让人看见，不怕早上梳不上辫子。可是我就是不剪！妈剪我就剪。

爸爸叫我剪我就剪。韩老师剪我也剪。宋妈叫我剪，不算！

宋妈要是剪了发，会成什么样儿？真好笑！宋妈的髻儿上插着一根穿着线的针，她不能剪，她要剪了头发，那根针往哪儿插呢？真好笑！

"笑什么？"宋妈纳闷儿地看着我。

"管哪！笑你的破髻儿，笑你要是剪了发成什么样儿！你不会像哪吒，一定是像一只秃尾巴鹌鹑！"

走进房里，妈妈一边喂瘦鸡妹妹吃奶，一边在穿茉莉花。小小白白的茉莉花还没有开，包在一张叶子里，打开来，清香清香的。妈妈把它们一朵朵穿在做好的细铁丝上，她说：

"英子，我一枝，你两枝。"

"为什么？"

"忘了吗？今天谁要结婚？"

"张家的三姨呀！"

"是嘛！带你去见见世面。"

"三姨在女高师念书。"

"是呀！会有好多漂亮的女学生，你不是就喜欢比你大的姐姐们吗？"

"嗯。"我想了想，不由得问，"为什么我要两枝茉莉花？"

"也是给你打扮打扮呀！下午叫宋妈给你梳两个抓髻，插上两排茉莉花，才好看。"妈妈说完看着我的脸，我的头发。

她一定在想，怎么把哪吒打扮成何仙姑呢？

可是我想起那些漂亮的大女学生来了，便问妈妈：

"妈，那些女学生剪了头发没有？"

"剪没剪，我怎么知道！"

"张家的三姨呢？她梳什么头？"

"她今天是新式结婚，什么打扮，我可也不知道。可是三姨是时髦的人，是不是？说不定剪了头发呢！"妈妈点点头，好像忽然明白了的样子。

"妈，您说三姨要是剪了发，是什么样子呢？"

妈妈笑了，"我可想不出。"她又笑了，"真的，三姨要是剪了发，是什么样子呢？"

"妈，"我忍不住了，"我要是剪了头发什么样子？"我站直了，脸正对妈妈，给她看。我不知道我为什么这么忍不住，说出这样的话。

妈"嗯？"了一声，奇怪地看着我。

"妈，"我的心里好像有一堆什么东西在跳，非要我跳出这句话，"妈，我们班上已经有好多人剪了辫子了。"

"有多少？"妈问我。

其实，只有两个，但是我却说："有好几个。"

"几个？"妈逼着问我。

"嗯——有五六个人都想去剪了。"我说的到底是什么话，太不清楚，但妈妈没注意，可是她说：

"你也想剪，是不是？"

我用手拢拢我的头发。我想剪吗？我说不出我是不是想剪，可是我在想着文华阁的小徒弟扇布帘子的样子，我笑了。

妈妈也笑了，她说：

"想剪了，是不是？我说对了。"

"不，"真的，我笑的是那小徒弟呀，可是，妈妈既然说了我剪头发的事，那么，我就说，"是您答应叫我剪，是不是？"

"瞎说，我什么时候答应你的。"

"刚才。"

宋妈进来了，我赶忙又说：

"宋妈，妈妈要让我剪头发。"

"这孩子！"妈妈说话没有我快，我抢先，妈妈简直就没办法了。

"你爸爸答应了吗？"宋妈总是比我还要厉害。

"那……"我摇着身子，不知该怎么说。

真的，爸爸最没准儿，他有时候说，他去过日本，最开通；他有时候又说，中国老规矩怎么样怎么样的。他赞成不赞成剪头发呢？他觉得我如果剪去辫子是开通呢？还是没规矩了呢？

宋妈看我在发愣，她"哼"地冷笑了一声说："只要打通了你爸爸那一关。"

"可是你也说不愿意给我梳辫子，要剪去我的头发来着。"

"喝！你倒赖上了，你想要时髦，就赖是俺们要你剪的，你多机灵呀！"

我本来并没有想剪辫子，韩主任也不让我们剪，韩老师也还没有剪，可是，这会子我的心气儿全在剪头发上了，我恨不得马上到文华阁去，坐在那高椅子上，"嘎登"一下子，就把我的辫子剪下来。然后，我穿了新衣服新鞋子，去看张家三姨结婚，让那么多人都看见我已经剪了辫子啦！

"你说给她剪了好不好？"妈竟跟宋妈要起主意来了。

"剪了倒是省事，我在街上也看见几个女学生剪了的。可就是……"宋妈冲着我，"赶明儿谁娶你这秃尾巴鹌鹑呀！"

"讨厌，我才不嫁人！"

"只要打通了你爸爸那一关，我还是这句话。"宋妈又提起爸爸。

"妈，"我腻着妈妈，"您跟爸爸说。"

"我不敢。"妈妈笑了。

"宋妈，你呢？"我简直要求她们了，我要剪头发的心气儿是这么高，简直恨不能立刻剪掉了。

"你妈都不敢，我敢？谁敢跟你们家的阎王爷说话。"

"我自己去！"我发了狠，我就是我们家的阎王爷！

　　妈妈拗不过我，终于答应了。妈说，就趁着爸爸不在家去剪吧，剪了再说。

　　爸爸这时早已离开文华阁去上班了，我知道的。妈妈带着我，宋妈抱着瘦鸡妹妹，领着弟弟，我们一大堆人，来到了文华阁。

　　文华阁的大师傅看见来了一群女人和小孩，以为是给弟弟剃头，他说：

　　"小少爷，你爸爸刚刮了脸上衙门啦！来，坐这个高凳儿上剃。"

　　"不是，是这个，我的大女儿要剪发。"

　　"哦？"大师傅愣了一下，小徒弟也停住了打扇子，别的二师傅、三师傅也都围过来了，只有一个客人在理发，他也回过头来。

　　"没人在你们这儿剪过吗？我是说女客。"妈问大师傅。

　　"有有有。"大师傅大概怕生意跑了，但是他又说，"前儿个有个女学生剪辫子，咱们可没敢下剪子，是让她回家把辫子剪了，咱们再给理的发。"

　　"噢，"妈妈又问，"那就是得我们自己把辫子剪下来？"

　　"那倒也不是这么说，那个女学生自己来的，这年头儿，维新的事儿，咱们担不了那么大沉重。您跟着来，还有什么错儿吗？"

"那个女学生，剪的是什么样式？"妈妈再问。

"我给她理的是上海最时兴的半剖儿。"

"半剖儿？什么叫半剖儿？"还是妈妈的问题，真啰唆。

"呐，"大师傅拿着剪刀比画着，"前头儿随意打刘海儿、朝后拢都可以，后头，就这么，拿推子往上推，再打个圆角，后脖上的短毛都理得齐齐的。喷！"他得意的自己喷喷起来了。

"那好吧，你就给我的女儿也剪个半怕丫吧。"

妈妈的北京话，真是！

我坐上了高架椅，他们把我的辫子解散开来，我从镜子里看见小徒弟正瞪着我，他顾不得拉布帘子了。我好热，心也跳得很快。

白围巾围上了我的脖子，辫子的影子在镜子里晃，剪子的声音在我耳边响，我有点害怕，大师傅说话了：

"大小姐，可要剪啦！"

我伸手一把抓住了我散开的头发，喊："妈……"

妈妈说："要剪就剪，别三心二意呀！"

好，剪就剪，我放开了手，闭上眼睛，听剪刀在我后脖子响。他剪了梳，梳了剪，我简直不敢睁开眼睛看。可是等我睁开了眼，朝镜子里一看，我不认识我了！我变成一个很新鲜、很可笑的样子。可不是，妈妈和宋妈也站在我的背后，朝镜子里的我笑。

是好看，还是不好看呢？她们怎么不说话？

　　大师傅在用扑粉掸我的脖子和脸，好把头发碴儿掸下去，小徒弟在为我打那布扇子，一蹲，一拉。我要笑了，因为——瞧小徒弟那副傻相儿！窗外街上也有人探头在看我，我怎么出去呢？满街的人都看着我一个人，只因为我剪去了辫子，并且理成上海时兴样儿——半剖儿！

　　我又快乐又难过，走回家去，人像是在飘着，我躲在妈妈和宋妈的中间走。我剪了发是给人看的，可是这会子我又怕人看。我希望明天早晨到了班上，别的女同学也都剪了，大家都一样就好了，省得男生看我一个人。可是我还是希望别的女生没有剪，好让大家看我一个人。

　　现在街上的人有没有看我呢？有，干货店的伙计在看我，杭州会馆门口站着的小孩儿在看我，他们还说："瞧！"我只觉得我的后脖子空了，风一阵来一阵去的，好像专往我的脖子吹，我想摸摸我的后脑勺秃成什么样子，可又不敢。

　　回到家里，我又对着镜子照，我照着想着，想到了爸爸，就不自在起来了，他回家要怎么样地骂我呢？他也会骂妈妈，骂宋妈，说她们不该带我去把辫子剪掉了，那还像个女人吗？唉！我多不舒服，所以我不笑了，躲在屋子里。

　　妈妈叫我，我也听不见，宋妈进来笑话我：

　　"怎么？在这儿后悔呐！"

然后，我听见洋车的脚铃铛响，是爸爸下班回来了，怎么办呢？我不出屋子了，我不去看三姨结婚了，我也不吃晚饭了，我干脆就早早地上床睡觉算了。

可是爸爸已经进来了，我只好等着他看见我骂我，他会骂我："怎么把头发剪成这个样子？这哪还像个女人，是谁叫你剪的？丑样子，像外国要饭的……"但是我听见：

"英子！"是爸爸叫我。

"噢。"

爸爸拿着一本什么，也许是一本《儿童世界》，他一定不会给我了。

"咦？"爸看见我的头发了，我等着他变脸，但是他笑了，"咦，剪了辫子啦？"只是这么简简单单的一句话，唉！只是这么简单的一句话。

我的心一下子松下来了，好舒服！爸爸很高兴地把书递给我，他说：

"我替你买了一个日记本，你以后要练习每天记日记。"

"怎么记呢？我不会啊！"记日记，真是稀奇的事，像我剪了头发一样的稀奇呐！

"就比如今天，你就可以这样记：一九二七年六月十五日我的辫子剪去了。"

"可是，爸，"我摸摸我后脖的半剖儿说："我还要写，是在虎坊桥文华阁剪的，小徒弟给我扇着布帘子。"

　　我歪起脸看爸爸，他笑了。我再看桌上妈妈给我穿的两枝茉莉花，它们躺在那儿，一点用处也没有啦！

番薯人

　　每在《人间副刊》读到谢理法、邱垂亮两位先生写到失落在北京的台湾人，我都要多看两遍，希望能在字里行间寻找到我熟悉的人物和事情，也令我回到更早的岁月。

　　父母携我到北京，算算，竟是一甲子前的事了。父亲是一九二〇年去北京的，工作安定后于一九二二年回台湾接母亲和我，这一住就是二十六个年头儿，到一九四八年才回到台湾。去时是一个四五岁不懂事的毛孩子；回来时携儿带女已经做了三个孩子的母亲了。

　　母亲生前告诉我，我们去北京，坐的是日本轮船"大洋丸"。这艘船两万吨，是第一次世界大战后，日本得自战败的德国。它每年航行世界两次，那次是运茶到上海再转日本，我们从上海再换中国轮船到天津。我的记忆中仿佛一个人在轮船甲板上跑来跑去，又玩从楼梯扶把上滑下来的游戏，母亲说我的记忆应当不会错，她因为晕船整天整夜躺在房舱里动弹不得，只好随我这个活动力太强、闲不住的孩子在船上乱跑。

到了北京先住在前门外珠市口的谦安客栈，旁边是当时北京最大的第一舞台。门口热闹极了，人行道上的摊子，马路上来往的行人、车辆。我呢，穿着一身薄绒布黄底红格子小和服，站在谦安客栈的门口看热闹，竟有路人过来要掀开我的衣服看，因为他们说日本女孩是不穿裤子的。不久，我们在椿树上二条找到房子，是永春会馆的后院，另开门，前门在椿树上头条。搬到这里，我们就开始入境随俗，进入了北京人的生活。家中来往的朋友多了，只有少数同乡，因为那时北京的台湾人并不多。

我懂事以后，常听到"番薯人"这个名词，台湾同乡间谈话更时常用到。"番薯人"就是台湾人，大家彼此间提到台湾人就用"番薯人"代之，是台湾人的代号了。因为台湾的地形，就像一个番薯，故以名之。同乡长辈在北京，有时就戏称我是"番薯仔"。不提台湾而以"番薯"代替，其中也包含了异乡人的无限辛酸。台湾人远离被日本占据的家乡投奔到祖国来，籍贯上大都填写他们的祖籍闽、广两省。我在小学读书时写的是父亲祖籍广东蕉岭，父亲死后，我们的籍贯改为母亲的祖籍福建同安。这样的做法，一是为躲开北京的日本领事馆之类机构的注意，再则在祖国人面前，如果说是台湾人，也会被投以异样的眼光，真是好可怜的"亚细亚的孤儿"啊！

　　过不久我最小的叔叔（我们叫他尾叔）也来北京了，是祖父令他投奔祖国的，要他来读书或工作，结果他也和父亲一样，进入北京的邮局工作。我七岁时，尾叔带我投考厂甸师大附小，一个倾盆大雨的日子，我紧拉着尾叔的手。在附小的教室大楼从楼下考到楼上，一间一间地进去、出来，认颜色，试听觉，填木块……考取了以后，疼爱我的尾叔很高兴，带我和珠妹去中央公园（后来的中山公园）玩，在"格言亭"前还拍下了照片。穿和服被误认为"小日本儿"的"番薯仔"，现在完全是北京小姑娘了。在中国大陆的大城市，日本人都设有日侨小学，父亲当然不会送我到日侨小学读书，所以我进了师大附小，从此开始接受全盘的中国教育。

　　由已故的叶荣钟先生执笔，吴三连、林柏寿、蔡培火、陈逢源合编的相当详尽的《台湾民族运动史》一书，第五节中，提到一九二二年时北京的台湾学生只有三十三人。一九二四年三月五日在北京召开了一次"华北台湾人大会"，为对在台湾发生的"治警事件"表示抗议，会中主要的人物有蔡炳坤、郑明禄、黄兆耀、陈江栋、刘锦堂、林子明、林飞熊、范本梁、林端腾、蔡惠如、吴子瑜、林松寿、廖景云和先父林焕文。这张名单中大部分的名字我认识，忽然记起母亲家有一张在我家开的台湾同乡会的照片，莫非就是这次的会后照？等我拿出查对年月，才知道家藏的是另外一次，但也颇有意义和价值。母亲生前闲谈时，曾对我说，照片上有某某、某某，都是北大学生，我知道上述名单中前四位及林子明都是北大的（林子明先生在台北故去，我曾去参加他的丧礼）。因此我想家藏的这张照片必也有上述的人在内吧！因为这张照片是摄于一九二六年，不过是第一次会后两年的事。我家已经搬到虎坊桥大街的蕉岭会馆，是把整个会馆租下来，油漆一新，据说这张照片就是在我家后面正院大厅前照的。父亲爱花，院中花池中种满了花草，墙上是牵牛花，又有夹竹桃、石榴树、菊花、海棠，总之是四季花草不断。

台湾会馆原在前门鲜鱼口、肉市一带。本来会馆的作用是为清代各地到京赶考的学子所设，所以各省有各省的会馆。民国以后，无上京赶考之事，但各地会馆仍存在，给同乡或到北京读书的学子居住，像林语堂住过龙溪会馆，胡适之住过安徽会馆，鲁迅住过绍兴会馆等。

在家藏照片中的人物，我熟识的前排右起：林少英、陈顺龙、吴子瑜、谢廉清、关锦辉。后排左起第一人是我的厾叔林炳文，站在谢廉清后面的是我的父亲林焕文，旁边少年是陈顺龙的二儿子阿贵，谢廉清手中抱的是厾叔的儿子我堂弟林朝桢。其他后面站的几位青年，我不认识，但相信一定会有上述名单中的人物在内。

林少英伯伯是早期携眷到北京去的台湾人，并非学生，他就是现在著名的"林云大师"的父亲。我曾把这张照片翻照送给林云老弟对他说："看，你越来越像你老爸了。"确实如此，他的个子不高，很壮实。他是台中人，在台时也是击钵吟诗的诗人，到北京后似乎是做生意，住在雍和宫旁，所以林云打小就跟雍和宫的喇嘛学密宗黑教。

陈顺龙伯伯是台南人，他去北京更早，是在清末时。他在德国学牙医，在北京廊房头条开陈顺龙牙医馆，曾进宫给西太后看牙，所以家中藏有西太后赐物不少。据说有一次西太后赏他五百两银子，竟被抢了三百两，到手只剩下二百两了。究竟是真被抢的，还是拿出宫来时，层层剥削掉的？就不清楚了。我家和陈伯伯一家很熟，他的女儿陈慧是我的好友，放假时我常去陈家住，陈慧结婚后返台，可惜三十多年来因不知地址而失去联络，也不知她的近况如何？该也是儿孙满堂了。她的两个哥哥就一直留在大陆了。

谢廉清在未到北京前于一九二四年在上海和张我军组织"上海台湾人大会"，这也是我在《台湾民族运动史》上看到的，他俩都曾在会中上台讲演，严责当时日本内田总督的暴政。谢廉清后来在北京读朝阳大学，张我军读师范大学，关锦辉也是朝阳大学的学生，张、关二位皆于返台后去世。

后排是可怜的尾叔。他到北京后工作既定，就把尾婶及阿桢也接来了。本是一个美满的小家庭，但这时尾叔暗地里和一些朝鲜人做抗日工作，朝鲜人的抗日，常以暴力方法，我听母亲说，他们的床下竟藏置炸弹。抗日固然很对，但是他们是利用叔叔在邮局工作，汇钱方便，叔叔为了逃避父亲的注意，就搬出虎坊桥的家，带了妻儿到外面去住。出事的那次是他们叫叔叔带款乘南满铁路。他们不肯自己去，因为过了鸭绿江就是朝鲜，容易被发现。年轻不更事的叔叔，可说是有勇而无智，到大连被日本人捉到，毒死在牢里，父亲去收尸，伤心生气，回来不久也吐血病倒。祖父竟写信责备父亲，说好好的一个弟弟，怎么没好好照顾，落此下场。我记得父亲一连数夜写信向祖父报告，是用毛笔写在毛边纸的手卷上，可见其信之长。叔叔真是一个抗日的无名英雄，他死时还不到二十五岁。约在一九二六或是一九二七年，也就是拍过这张照片不久的事。厔叔漂亮潇洒，是祖父母所疼爱的小儿子。他到北京后喜爱上京戏，请老师学老生，家中有他《打渔杀家》萧恩戏装照，比马连良漂亮多了。后来我听说，看相的曾说他是肉骨不连之相，所以早死。

父亲于一九三一年四十四岁上也去世了，死后火化，骨灰由堂兄阿烈捧回台湾。当时帮着办理丧事的是同乡张我军、陈顺龙、柯政和。说起柯政和，他也是早期到北京的留日音乐教育家，他娶的是日本太太，有一个女儿。他一直是在北师大、师大附中教音乐，和蔼可亲，学者气度，在台应当有许多他的学生。何凡也是他的学生,中学生喜起外号,谐其名之音叫他"饹馇盒儿"（北京一种油炸的食品）。父亲死后,柯伯伯也还时常来家看过我们,记得我颈间淋巴腺肿,他几次亲自带我去看他熟识的医生,非常照顾他同乡的遗族。其他前述诸乡长辈也都一样,到底是乡亲吧!

兰姨娘

从早上吃完点心起，我就和二妹分站在大门口左右两边的门墩儿上，等着看"出红差"的。这一阵子枪毙的人真多。除了土匪强盗以外，还有闹革命的男女学生。犯人还没出顺治门呢，这条大街上已挤满了等着看热闹的人。

今天枪毙四个人，又是学生。学生和土匪同样是五花大绑在敞车上，但是他们的表情不同。要是土匪就热闹了，身上披着一道又一道从沿路绸缎庄要来的大红绸子，他们早喝醉了，嘴里喊着："过二十年又是一条好汉！"

"没关系，脑袋掉了碗大的疤瘌！"

"哥儿几个，给咱们来个好儿！"

看热闹的人跟着就应一声：

"好！"

是学生就不同了，他们总是低头不语，群众也起不了劲儿，只默默地拿怜悯的眼光看他们。我看今天又是枪毙学生，便想起这几天妈妈的忧愁，她前天才对爸爸说：

"这些日子，风声不好，你还留德先在家里住，他总是半夜从外面慌慌张张地跑来，怪吓人的。"

爸爸不在乎，他伸长了脖子，用客家话反问了妈一句："惊么该？"

"别说咱们来往的客人多，就是自己家里的孩子、佣人也不少，总不太好吧？"

爸爸还是满不在乎地说："你们女人懂什么？"

我站在门墩儿上，看着一车又一车要送去枪毙的人，都是背了手不说话的大学生，不知怎么，便把爸妈所谈的德先叔联想起来了。

德先叔是我们的同乡，在北京大学读书，住在沙滩附近的公寓里，去年开同乡会和爸认识的。爸很喜欢他，当作自己的弟弟一样。他能喝酒，爱说话，和爸很合得来，两个人只要一碟花生米、一盘羊头肉、四两烧刀子，就能谈到半夜。妈妈常在背地里用闽南话骂这个一坐下就不起身的客人："长屁股！"半年以前的一天晚上，他慌慌张张地跑到我们家，跟爸爸用客家话谈着。总是为一件很要命的事吧，爸把他留在家里住下了。从此他就在我们家神出鬼没的，爸却说他是一个了不起的新青年。

我是大姐，从我往下数，还有三个妹妹，一个弟弟，除了四妹还不会说话以外，我敢说我们几个人都不喜欢德先叔，因为他不理我们，这是第一个原因。还有就是他的脸太长，戴着大黑框眼镜，我们不喜欢这种脸。再就是，他来了，妈要倒霉，爸要妈添菜，还说妈烧不好客家菜，酿豆腐味儿淡啦！白斩鸡不够嫩啦！有一天妈高高兴兴烧了一道她自己的家乡菜，爸爸吃着明明是好，却对德先叔说："他们福佬人就知道烧五柳鱼！"

凭了这些，我们也要站在妈妈这一头儿。德先叔每次来，我们对他都冷冷的，故意做出看不起他的样子，其实他也不注意。

虽然这样，看着过"出红差"的，心里竟不安起来，仿佛这些要枪毙的学生，跟德先叔有什么关系似的，还没等过完，我便跑回家里问妈：

"妈！德先叔这几天怎么没来？"

"谁知道他死到哪儿去了！"妈很轻松地回答。停一下，她又奇怪地问我："你问他干吗？不来不更好吗？""随便问问。"说完我就跑了，我仍跑回门外大街上去，刚才街上的景象全没有了，恢复了这条街每天上午的样子。卖切糕的，满身轻快地推着他的独轮车，上面是一块已经冷了的剩切糕，孤零零地插在一根竹签上。我八岁，两个门牙刚掉，卖切糕的问我买不买那块剩切糕，我摇摇头，他开玩笑说：

"对了，大小姐，你吃切糕不给钱，门牙都让人摘了去啦！"

我使劲闭着嘴瞪他。

到了黄昏，虎坊桥大街另是一种样子啦。对街新开了一家洋货店，门口坐满了晚饭后乘凉的大人小孩，正围着一个装了大喇叭的话匣子。放的是"百代公司特请谭鑫培老板唱《洪羊洞》"，唱片发出沙沙的声音，针头该换了。二妹说："大姐，咱们过去等着听《洋大人笑》去。"我们俩刚携起手跑，我又看见从对街那边，正有一队光头的人，向马路这边走来，他们穿着月白竹布褂，黑布鞋，是富连成科班要到广和楼去上夜戏。我对二妹说：

"看，什么来了？咱们还是回来数烂眼边儿吧！"

我和二妹回到自己家门口，各骑在一个门墩儿上，静等着，队伍过来了，打头领队的个子高大，后面就是由小到大排下去。对街《洋大人笑》开始了，在"哈哈哈"的伴奏中，我每看队伍里过一个红烂着眼睛的孩子，便喊一声："烂眼边儿！"

二妹说："一个！"

我再说："烂眼边儿！"

二妹说："两个！"

烂眼边儿，三个！烂眼边儿，四个！……今天共得十一个。富连成那些学戏的小孩子，比我们大不了多少，我们喊烂眼边儿，他们连头也不敢斜一斜，默默地向前走，大褂的袖子，老长老长，走起路来，甩搭甩搭的，都像傻子。

我们正数得高兴，忽然一个人走近我的面前来，"嘿"的一声，吓我一跳，原来是施家的小哥，他也穿着月白竹布大褂。他很了不起地问我：

"英子，你爸妈在家吗？"

我点点头。他朝门里走，我们也跟进去，问他什么事，他理也不理我们，我准知道他找爸妈有要紧的事。一进卧室的门，爸妈正在谈什么，看见小哥进来，他们仿佛愣了一下。小哥上前鞠躬，然后像背书一样地说：

"我爸叫我来跟林阿叔林阿婶说，如果我家兰姨娘来了，不要留她，因为我爸把她赶出去了。"

这时妈走到通澡房的门口，我听见里面有哗啦哗啦的水声。爸爸点头说：

"好，好，回去告诉你爸爸，放心就是了。"

小哥又一深鞠躬告退了，还是那么正正经经，看也不看我们一眼。小哥儿走后，爸爸喝着香片茶，妈在点蚊香，两人都没说话。澡房的门打开了，呀！热气腾腾中，走出来的正是施家的兰姨娘！她是什么时候来的？她穿着一身外国麻纱的裤褂，走出来就平平衣襟，向后拢拢头发，笑眯眯地说："把在他们施家的一身晦气，都洗刷净啦！好痛快！"

妈说："小哥刚才来了，你知道吧？"

"怎么不知道！"兰姨娘眉毛一挑，冷笑说："说什么？

他爸把我赶出来？怪不错的！我要走，大少奶奶还直说瞧她面子算了呢！这会儿又成了他赶我的喽！啧啧啧！"她的嘴直撇，然后又说："别人留我不留，他也管得了？拦得住？走，秀子，跟我到前院去，叫你们家宋妈给我煮碗面吃。"说着她就拉着二妹的手走出去了。爸爸一直微笑地看着兰姨娘，伸长了脖子，脚下还打着拍子。妈脸上一点笑容都没有，兰姨娘出去了，她才站在桌子前，冲着爸的后背说：

"施大哥还特意打发小哥儿来说话，怎么办呢？"

"惊么该？"爸的脑袋挺着。

"怕什么？你总是招些惹事的人来！好容易这几天神出鬼没的德先没来，你又把人家下堂的姨奶奶留下了，施大哥知道了怎么说呢？"

"你平常跟她也不错，你好意思拒绝她吗？而且小哥迟来了一步，是她先进门的呀！"

这时兰姨娘进来了，爸妈停止了争论，妈没好气地叫我："英子，到对门药铺给我买包豆蔻来，钱在抽屉里。"

"林太太，你怎么，又胃疼啦？林先生，准又是你给气的吧？"兰姨娘说完笑嘻嘻的。

我从抽屉里拿了三大枚，心里想着：豆蔻嚼起来凉飕飕的，很有意思。兰姨娘在家里住下多么好！她可以常常带我到城南游艺园去，大戏场里是雪艳琴的《梅玉配》，文明戏场里是张笑影的《铜碗丁》，大鼓书场里是梳辫子的女人唱大鼓，还要吃小有天的冬菜包子。我一边跑出去，一边想，满眼都是那锣鼓喧天的欢乐场面。

兰姨娘在我们家住了一个礼拜了，家里到处都是她的语声笑影。爸上班去了，妈到广安市场买菜去了，她跟宋妈也有说有笑的。她把施家老伯伯骂了个够，先从施伯伯的老模样儿说起，再说他的吝啬、他的刻薄、他的不通人情，然后又小声和宋妈说些什么，她们笑得吱吱喳喳的，宋妈高兴得眼泪都挤出来了。

兰姨娘圆圆扁扁的脸儿，一排整整齐齐的白牙，我最喜欢她左边那颗镶金的牙，笑时左嘴角向上一斜，金牙便很合适地露出来。左嘴巴还有一处酒窝，随着笑声打漩儿。

她的麻花髻梳得比妈的元宝髻俏皮多了，看她把头发拧成两股，一来二去就盘成一个髻，一排茉莉花总是清幽幽，半弯身地卧在那髻旁。她一身轻俏，掖在右襟上的麻纱手绢，一朵白菊花似的贴在那里。跟兰姨娘坐在一辆洋车上很舒服，她搂着我，连说：往里靠，往里靠。不像妈，黑花丝葛的裙子里，年年都装着一个大肚子。跟妈坐一辆洋车，她的大肚子把我顶得不好受，她还直说："别挤我行不行！"现在妈又大肚子要生第六个孩子了。有了兰姨娘，妈做家事倒也不寂寞，她跟妈有诉说不尽的心事，宋妈，张妈，都喜欢靠拢来听，我也小鱼上大串儿地挤在大人堆里，仰头望着兰姨娘那张有表情的脸。

她问妈说："林太太，你生英子十几岁？"

"才十六岁。"妈说。

兰姨娘笑了："我开怀也只十六岁。"

"什么开怀？"我急着问。

"小孩子别乱插嘴！"妈叱责我，又向兰姨娘说："当着孩子说话要小心，英子鬼着呢，会出去乱说。"

兰姨娘叹了口气："我十四岁从苏州被人带进了北京，十六岁那什么（指开怀），四年见识了不少人，二十岁到底还是跟了施大这个老鬼……"

"施大哥今年到底高寿了？"妈打岔问。

"管他多大！六十，七十，八十，反正老了，老得很！"

"我记得他是六十……六十几来着？"妈还是追问。

"他呀，"兰姨娘扑哧笑了，看看我："跟英子一般大，减去一周甲子，才八岁！"

"你倒也跟了他五年了，你今年不是二十五岁了么？"

"别看他六十八岁了，硬朗着呢！再过下去，我熬不过他，他们一家人对付我一个人，我还有几个五年好活！我不愿把年轻的日子埋在他们家。可是，四海茫茫，我出来了，又该怎么样呢？我又没有亲人，苏州城里倒有一个三岁就把我卖了的亲娘，她住在哪条街上，我也记不得了呀！就记得那屋里有一盏油灯，照着躺在床上的哥哥，他病了，我娘坐在床边哭，应该就是为了这病哥哥才把我卖的吧！想起来梦似的，也不知道是我乱想的，还是真的……”兰姨娘说着，眼里闪着泪光，是她不愿意哭出来吧，嘴上还勉强笑着。

妈不会说话，笨嘴拙舌的，也不劝劝兰姨娘。我想到去年七月半在北海看烧法船的时候，在人群里跟妈妈撒开了手，还急得大哭呢，一个人怎么能没有妈？三岁就没了妈，我也要哭了，我说：“兰姨娘，就在我们家住下，我爸爸就爱留人住下，空房好几间呢！”

“乖孩子，好心肠，明天书念好了当女校长去，别嫁人，天底下男人没好的！要是你爸妈愿意，我就跟你们家住一辈子，让我拜你妈当姐姐，问她愿意不愿意？”兰姨娘笑着说。

“妈愿意吧？”我真的问了。

“愿意呀！”妈的声音好像在醋里泡过，怎么这么酸！

我可是很开心，如果兰姨娘能够好久好久地停留在我们家的话。她怎么也说我要当女校长呢？有一次，我站在对街的测字摊旁看热闹，测字的先生忽然从他的后领里抽出一把折扇，指着我对那些要算命的人说：“看见没有？这个小姑娘赶明儿能当女校长，她的鼻子又高又直，主意大着呢！有男人气。”兰姨娘的话，测字先生的话，让人听了都舒服得很，使我觉得自己很了不起。

爸对兰姨娘也不错，那天我跟着爸妈到瑞蚨祥去买衣料，妈高高兴兴地为我和弟弟妹妹们挑选了一些衣料之后，爸忽然对我说："英子，你再挑一件给你兰姨娘，你知道她喜欢什么颜色的吗？"

"知道知道，"我兴奋得很，"她喜欢一件蛋青色的印度绸，镶上一道黑边儿，再压一道白芽儿。"我比手画脚说得高兴，一回头看见坐在玻璃柜旁的妈，妈正皱着眉头在瞪我。伙计早把深深浅浅的绸子捧来好几匹，爸挑了一色最浅的，低声下气地递到妈面前说：

"你看看这料子还好吗？是真丝的吗？"

妈绷住脸，抓起那匹布的一端，大把地一攥，拳头紧紧的，像要把谁攥死。手松开来，那团绸子也慢慢散开，满是绉痕，妈说："你看好就买吧，我不懂！"

我也真不懂妈为什么忽然跟爸生气，直到有一天，在那云烟缭绕的鸦片烟香中，我才也闻出那味道的不对。

那个做九六公债的胡伯伯，常来我家打牌，他有一套烟具摆在我们家，爸爸有时也躺在那里陪胡伯伯玩两口。

兰姨娘很会烧烟，因为施伯伯也是抽大烟的。是要吃晚饭的时候了，爸和兰姨娘横躺在床上，面对面，枕着荷叶边的绣花枕头，上面是妈绣的拉锁牡丹花，中间那份烟具我很喜欢，像爸给我从日本带回来的一盒玩具。白铜烟盘里摆着小巧的烟灯，冒着青黄的火苗，兰姨娘用一只银签子从一个洋钱形的银盒里挑出一撮烟膏，在烟灯上烧得"口嗞、口嗞"地响，然后把烟泡在她那红红的掌心上滚滚，就这么来回烧着滚着，烧好了插在烟枪上，把银签子抽出来，中间正是个小洞口。烟枪递给爸，爸噘着嘴，对着灯火抽着。我坐在小板凳上看兰姨娘的手看愣了，那烧烟的手法，真是熟巧。忽然，在喷云吐雾里，兰姨娘的手，被爸一把捉住了，爸说："你这是朱砂手，可有福气呢！"

兰姨娘用另一只手把爸的手甩打了一下，抽回手去，笑瞪着爸爸：

"别胡闹！没看见孩子？"爸也许真的忘记我在屋里了，他侧抬起头，冲我不自然地一笑，爸的那副嘴脸！我打了一个冷战，不知怎么，立刻想到妈。我站起来，掀起布帘子，走出卧室，往外院的厨房跑去。我不知道为什么要在这时候找母亲。跑到厨房，我喊了一声："妈！"背手倚着门框。

妈站在大炉灶前，头上满是汗，脸通红，她的肚子太大了，向外挺着，挺得像要把肚子送给人！锅里油热了，冒着烟，她把菜倒在锅里，才回过头来不耐烦地问我："干吗？"我回答不出，直着眼看妈的脸。她急了，又催我："说话呀！"

我被逼得找话说，看她"呱呱呱"地用铲子敲着锅底，把炒熟的菜装在盘子里，那手法也是熟巧的，我只好说："我饿了，妈。"

妈完全不知道刚才的那一幕使我多么同情她，她只是骂我：

"你急什么？吃了要去赴死吗？"她扬起锅铲赶我。"去去去，热得很，别在我这儿捣乱！"

在我的泪眼中，妈妈的形象模糊了，我终于"哇"地一声哭了出来。宋妈把我一把拉出厨房，她说："一点都不知道心疼你妈，看这么热天，这么大肚子！"

我听了跳起脚尖哭。

兰姨娘也从里院跑出来，她说："刚才不是还好好的吗？这会工夫怎么又捣乱捣到厨房来啦！"

妈说："去叫她爸爸来揍她！"

天快黑了，我被围在家中女人们的中间，她们越叫我吃饭，我越伤心；她们越说我不懂事，我越哭得厉害。

在杂乱中，我忽然看见一白色的影子从我身旁擦过，是多日不见的德先叔，他连看都不看我一眼，直往里院走。看着他那轻飘飘白绸子长衫的背影，我咬起牙，恨一切在我眼前的人，包括德先叔在内。

第二天早晨，我是全家最迟起来的人，醒来我还闭着眼睛想，早点是不是应当继续绝食下去？昨天抽大烟闹朱砂手的事，给我的不安还没有解开，这使我想到几件事：我记得妈跟别人说过，爸爸在日本吃花酒，一家挨一家，吃一整条街，从天黑吃到天亮。妈就在家里守到天亮，等着一个醉了的丈夫回来。

我又记得我们住在城里时，每次到城南游艺园听夜戏回来，车子从胭脂胡同韩家潭穿过时，宋妈总会把我从睡梦中推醒：醒醒，醒醒，大小姐！看，多亮！我睁开眼，原来正经过辉煌光亮的胡同，各家门前挂着围了小电灯扎彩的镜框，上面写着什么黛玉、绿琴等字样，宋妈跟我说过，兰姨娘没到施伯伯家，也是在这种地方住。她们是刮男人的钱，毁男人的家的坏东西！因为这样，所以一看到爸和兰姨娘那样的事，觉得使妈受了委屈，使我们都受了委屈。把原来喜欢兰姨娘的心，打了大大的折扣，我又恨，又怕。我起床了，要到前院去，经过厢房时，一晃眼看见兰姨娘正在墙前的桌上摸骨牌，她玩的过五关斩六将，我装着没看见，直走过去，因为心中还恨恨的。

"英子！"兰姨娘隔着窗子在叫我。

我不得不进屋了，兰姨娘推开桌上的骨牌，站起来拉着我的手，温柔地说：

"看你这孩子，昨天一晚上把眼睛都哭肿了，饭也没吃。"她抚摸着我的头发，我绷着劲儿，一点笑容都没有。她又说：

"别难过，后天就是七月十五了，你要提什么样的莲花灯，兰姨娘给你买。"我摇摇头，她又自管自地接着说：

"你不是说要特别花样的吗？我帮你做个西瓜灯，好不好？要把瓜吃空了，皮削脱，剩薄薄的一层瓤子，里面点上灯，透明的，蛮有趣。"

兰姨娘话说多了，就不由得带了她家乡的口音，轻轻软软，多么好听！我被她说得回心转意了，点点头。

她见我答应了也很高兴，忽然又闲话问我：

"昨天跟你爸瞎三话四，讲到半夜的那只四眼狗是什么人？"

"四眼狗？"我不懂。

兰姨娘淘气地笑了，她用手掌从脸上向下一抹，手指弯成两个圈，往眼上一比：

"喏！就是这个人呀！"

"啊，那是我德先叔。"

这时，不知是什么心情，忽然使我站在德先叔这一边了，我有意把德先叔叫得亲热些，并且说：

"他是很有学问的，所以要戴眼镜。他在北京大学念书，爸说，他是顶、顶、顶新的新青年，很了不起！"我挑着大拇指说，很有把兰姨娘卑贱的身份硬压下去的意思。

"原来是大学生呀！"兰姨娘倒也缓和了，"那么就是你妈说过，常住在你们家躲风声的那个大学生喽？"

"是。"

"好，"兰姨娘点点头笑说，"你爸爸的心蛮好的，三六九等的人都留下了。"

我从兰姨娘的屋里出来，就不由得往前院德先叔住的南屋走去。我有权利去，因为南屋书桌抽屉里放着我的功课、我的小布人儿、我的《儿童世界》，德先叔正占用那书桌，我走进去就不客气地拉开书桌抽屉，翻这翻那，毫无目的。他被我在他身旁闹得低下头来看。我说："我的小刀呢？剪子呢？兰姨娘要给我做西瓜灯呐！"

"那个兰姨娘是你家什么人？我以前怎么没见过？"我多么高兴兰姨娘引起他的注意了。

"德先叔，你说那个兰姨娘好看不好看？"

"我不知道，我没看清楚。"

"她可看清楚你了，她说，你的眼睛很神气，戴着眼镜很有学问。"我想到四眼狗，简直不敢正眼朝他脸上看，只听见他说："哦？哦？"

吃午饭的时候，德先叔的话更多了，他不那样旁若无人地总对爸一个人说话了，也不时转过头向兰姨娘表示征求意见的样子，但是兰姨娘只顾给我夹菜，根本不留神他。

下午，我又溜到兰姨娘的屋里。我找个机会对兰姨娘说：

"德先叔夸你哩！"

"夸我？夸我什么呀？"

"我早上到书房去找剪刀，他跟我说：'你那个兰姨娘，很不错呀！'"

"哟！"兰姨娘抿着嘴笑了，"他还说什么？"

"他说他说……他说你像他的一个女同学。"我瞎说。

"那人家是大学堂的，我怎么比得了！"

晚饭桌上，兰姨娘就笑眯眯的了，跟德先叔也搭搭话。爸更高兴，他说：

"我这人就是喜欢帮助落难的朋友，别人不敢答应的事，我不怕！"说着，他就拍拍胸脯。爸酒喝得够多，眼睛都红了，笑嘻嘻斜眯着眼看兰姨娘。妈的脸色好难看，站起来去倒茶，我的心又冷又怕，好像我和妈妈要被丢在荒野里。

我整日守着兰姨娘，不让她有一点机会跟爸单独在一起。德先叔这次住在我们家倒是少出去，整日待在屋里发愣，要不就在院子里晃来晃去的。

七月十五日的下午，兰姨娘的西瓜灯完成了。一吃过晚饭，天还没有黑，我就催着兰姨娘、宋妈，还有二妹，点上自己的灯到街上去，也逛别人的灯。临走的时候，我跑到德先叔的屋里，我说："我和兰姨娘去逛莲花灯，您去不去？我们在京华印书馆大楼底下等您！"说完我就跑了。

行人道上挤满了提灯和逛灯的人，我的西瓜灯很新鲜，很引人注意。但是不久我们就和宋妈、二妹她们走散了，我牵着兰姨娘的手，一直往西去，到了京华印书馆的楼前停下了，我假装找失散的宋妈她们，其实是在盼望德先叔。我在附近东张西望一阵没看见，便失望地回到楼前来，谁知德先叔已经来了，他正笑眯眯地跟兰姨娘点头，兰姨娘有点不好意思，也点头微笑着。德先叔说："密斯黄，对于民间风俗很有兴趣。"

兰姨娘仿佛很吃惊，不自然地说："哪里，哄哄孩子！您，您怎么知道我姓黄？"

我想兰姨娘从来没有被人叫过密斯黄吧，我知道，人家没结过婚的女学生才叫密斯，兰姨娘倒也配！我不禁撇了一下嘴，心里真不服气，虽然我一心想把兰姨娘跟德先叔拉在一起。

"我听林太太讲起过，说密斯黄是一位很有志气的，敢向恶劣环境反抗的女性！"德先叔这么说就是了，我不信妈这样说过，妈根本不会说这样的话。

这一晚上，我提着灯，兰姨娘一手紧紧地按在我的肩头上，倒像是我在领着一个瞎子走夜路。我们一路慢慢走着，德先叔和兰姨娘中间隔着一个我，他们在低低地谈着，兰姨娘一笑就用小手绢捂着嘴。第二天我再到德先叔屋里去，他跟我有的是话说了，他问我：

"你兰姨娘都看些什么书，你知道吗？"

"她正在看《二度梅》，你看过没有？"

德先叔难得向我笑笑，摇摇头，他从书堆里翻出一本书递给我说："拿去给她看吧。"

我接过来一看，书面上印着：《易卜生戏剧集：傀儡家庭》。

第三天，我给他们传递了一次纸条。第四天我们三个人去看了一次电影，我看不懂，但是兰姨娘看了当时就哭得嘘唏的，德先叔递给她手绢擦，那电影是李丽吉舒主演的《二孤女》。第五天我们走得更远，到了三贝子花园。从三贝子花园回来，我兴奋得不得了，恨不得飞回家，飞到妈的身边告诉她，我在三贝子花园畅观楼里照哈哈镜玩时，怎样一回头看见兰姨娘和德先叔手拉手，那副肉麻相！而且我还要把全部告诉妈！但是回到家里，卧室的门关了，宋妈不许我进去，她说：

"你妈给你又生了小妹妹！"

直到第二天，我才溜进去看，小妹妹瘦得很，白苍苍的小手，像鸡爪子，可是那接生的产婆山田太太直夸赞，她来给妹妹洗澡，一打开小被包，露出妹妹的鸡爪子，她就用日本话拉长了声说："可爱呀！可爱呀！"妈端着一碗香喷喷的鸡酒煮挂面，望着澡盆里的小肉体微笑着。她没注意我正在床前的小茶几旁打转。我很喜欢妈生小孩子，因为可以跟着揩油吃些什么，小几上总有鸡酒啦，奶粉啦，黑糖水啦，我无所不好。但是我今天更兴奋的是，心里搁着一件事，简直是非告诉她不可啦！

妈一眼看见我了："我好像好几天没看见你了，你在忙什么呢？这么热的天，野跑到哪儿去了？"

"我一直在家里，您不信问兰姨娘好了。"

"昨天呢？"

"昨天……"我也学会了鬼鬼祟祟，挤到妈床前，小声说："兰姨娘没告诉您吗？我们到三贝子花园去了。妈，收票的大高人，好像更高了，我们三个人还跟他合照了一张相呢，我只到那人这里。"

"三个人？还有一个是谁？"

"您猜。"

"左不是你爸爸！"

"您猜错了。"看妈的一副苦相，我想笑，我不慌不忙地学着兰姨娘，用手掌从脸上向下一抹，然后用手指弯成两个圈往眼上一比，我说：

"喏！就是这个人呀！"

妈皱起眉头在猜："这是谁？难道？难道是？"

"是德先叔。"我得意地摇晃着身体，并且拍拍我的新妹妹的小被包。"真的？"妈的苦相没了，又换了一副急相："到底是怎么回事？你说，你从头说。"

我从四眼狗讲到哈哈镜，妈出神地听我说着，她怀中的瘦鸡妹妹早就睡着了，她还在摇着。

"都是你一个人捣的鬼！"妈好像责备我，可是她笑得那么好看。

"妈，"我有好大的委屈，"您那天还要叫爸揍我呢！"

"对了，这些事你爸知道不？"

"要告诉他吗？"

"这样也好。"妈没理我，她低头呆想什么，微笑着自言自语地说。然后她又好像想起了什么，抬起头来对我说："你那天说要买什么来着？"

"一副滚铁环，一双皮鞋，现在我还要加上订一整年的《儿童世界》。"我毫不迟疑地说。

爸正在院子里浇花，这是他每天的功课，下班回家后，他换了衣服，总要到花池子花盆前摆弄好一阵子。那几盆石榴，春天爸给施了肥，满院子麻渣臭味，到五月，火红的花朵开了，现在中秋了，肥硕的大石榴都咧开了嘴向爸笑！但是今天爸并不高兴，他站在花前发呆。我看爸瘦瘦高高，穿着白纺绸裤褂的身子，晃晃荡荡的，显得格外的寂寞，他从来没有这样过。

宋妈正在开饭，她一趟趟地往饭厅里运碗运盘，今天的菜很丰富，是给德先叔和兰姨娘送行。我正在屋里写最后的大字。今年暑假过得很快乐，很新奇，可是暑假作业全丢下没有做，这个暑假没有人管我了。兰姨娘最初还催我写九宫格，后来她只顾得看《傀儡家庭》了，就懒得理我的功课。九宫格里填满了我的潦草的墨迹，一张又一张的，我不像是写字，比鬼画符还难看。我从窗子正看到爸的白色的背影，不由得停下了笔，不知怎么，心里觉得很对不起爸。

我很纳闷儿，德先叔和兰姨娘是怎么跟爸提起他们要一起走的事呢？我昨天晚上要睡觉时一进屋，只听到爸对妈说：

"我怎么一点儿都不知道？"我不知道爸说的是什么事，

所以起初没注意，一边换衣服一边想我自己的事：还有两天就开学了，明天可该把大字补写出来了，可是一张九个字，十张九十个字，四十张三百六十个字，让我怎么赶呀！还是求求兰姨娘给帮忙吧。这时又听见妈说：

"这种事怎么能叫你知道了去！哼！"妈冷笑了一下。

"那么你知道？"

"我？我也不知道呀，德先是怎么跟你提起的？"

"他先是说，这些日子风声又紧了，他必得离开北京，他打算先到天津看看，再坐船到上海去。随后他又说：'我有一件事要告诉大哥的，密斯黄预备和我一齐走。'"我这时才明白是讲的什么事，好奇地仔细听下去。

"哼！你听德先讲了还不吃一惊！"妈说。

"惊么该！"爸不服气，"不过出乎意料就是了，你真一点都不知道，一点都没看出来？"

"我从哪儿知道呢？"妈简直瞎说！停了一下妈又说："平常倒也仿佛看出有那么点儿意思。"

"那为什么不跟我说？"

"哟！跟你说，难道你还能拦住人家不成，我看他们这样很不错。"

"好固然好，可是我对于德先这种偷偷摸摸的行为不赞成。"

妈听了从鼻子里笑了一声，一回头看见了我，就骂我："小孩子听什么！还不睡去！"

爸坐在那儿，两腿交叠着，不住地摇，我真想上前告诉他，在三贝子花园门口合照的相，德先叔还在上面题了字：相逢何必曾相识。兰姨娘给我讲了好几遍呢！可是我怕说出来爸会骂我，打我。我默默地爬上床，躺下去，又听妈说：

"他们决定明天就走吗？那总得烧几样菜送送他们吧？"

"随便你吧！"

我再没听到什么了，心里只觉得舍不得兰姨娘，眼睛勉强睁开又闭上了。梦里还在写大字，兰姨娘按着我的右肩头，又仿佛是在逛灯的那晚上，我想举笔写字，她按得紧，抬不起手，怎么也写不成。可是现在我正一张又一张地写，终于在晚饭前写完了，我带着一嘴的黑胡子和黑手印上了饭桌，兰姨娘先笑了：

"你的大字倒刷好了？"

我今天挨着兰姨娘坐，心中只觉依依不舍，妈直让酒，向兰姨娘和德先叔说："你们俩一路顺风！"

爸不用人让，把自己灌得脸红红的，头上的青筋一条条像蚯蚓一样地暴露着，他举着酒杯伸出头，一直到兰姨娘的脸前，兰姨娘直朝后躲闪，嘴里说："林先生，你别再喝了，可喝不少了。"

爸忽然又直起身子来，做出老大哥的神气，醉言醉语地说：

　　"我这个人最肯帮朋友的忙，最喜欢成全朋友，是不是？德先，你可得好好待她哟！她就像我自家的妹子一样哟！"爸又转过头来向兰姨娘说："要是他待你不好，你尽管回到我这里来。"兰姨娘娇羞地笑着，就仿佛她是十八岁的大姑娘刚出嫁。宋妈在旁边侍候，也笑眯着，用很新鲜的眼光看兰姨娘。同时还把洒了双妹花露水的毛巾，一回又一回地送给爸爸擦脸。

　　马车早就叫来停在大门口了。我们是全家大小在门口送行的，连刚满月的小妹妹都抱出大门口见风了。

　　黄昏的虎坊桥大街很热闹，来来往往的，眼前都是人，也有邻居围在马车前等着看新鲜，宋妈早就告诉人家了吧！兰姨娘换了一个人，她的油光刷亮的麻花髻没有了，现在头发剪的是华伦王子式！就跟我故事书里画的一样：一排头发齐齐的齐着眉毛，两边垂到耳朵边。身上穿的正是那件蛋青绸子旗袍，做成长身坎肩另接两只袖子样式的，脖子上围一条白纱，斜斜地系成一个大蝴蝶结，就跟在女高师念书的张家三姨打扮得一样样！

　　她跟爸妈说了很多感谢的话，然后低下身来摸着我的脸说：

　　"英子，好好地念书，可别像上回那么招你妈生气了，上三年级可是大姑娘啦！"

　　我想哭，也想笑，不知什么滋味，看兰姨娘跟德先叔同进了马车，隔着窗子还跟我们招手。那马车越走越远越快了，扬起一阵滚滚灰尘，就什么也看不清了。我仰头看爸爸，他用手摸着胸口，像妈每次生了气犯胃病那样，我心里只觉得有些对不起爸，更是同情。我轻轻推爸爸的大腿，问他：

"爸，你要吃豆蔻吗？我去给你买。"

他并没有听见，但冲那远远的烟尘摇摇头。

家住书坊边

——琉璃厂、厂甸、海王村公园

　　每看到有人写北京的琉璃厂——厂甸——海王村公园时，别提多亲切，脑中就会浮起那地方的情景，暖流透过全身，那一带的街道立刻涌向眼前。我住在这附近多年，从孩提时代到成年。不管在阳光下，在寒风中，也无论到什么地方——出门或回家，几乎都要先经过这条续延了二百年至今不衰的北京文化名街——琉璃厂。我家曾有三次住在琉璃厂这一带：椿树上二条、南柳巷和永光寺街。还有曾住过的虎坊桥和梁家园，也属大琉璃厂的范围内。

　　琉璃厂西头俗称厂西门，名称的由来是因为有一座铁制的牌楼，上面镶着"琉璃厂西门"几个大字，就设立在琉璃厂西头上。在铁牌楼下路北，有一家羊肉床子和一家制造毛笔的作坊，我对它们的印象特深，因为我每天早上路过羊肉床子到师大附小上学去时，门口正在大宰活羊，血淋淋的一头羊，白羊毛上染满了红血，已经断了气躺在街面的土地上，走过时不免心惊绕道而行；但下午放学回来时，却是香喷喷的烧羊肉已经煮好了。我喜欢在下午吃一个芝麻酱烧饼夹烧羊肉，再就着喝一瓶玉泉山的汽水，清晨那头被宰割的羔羊，早就忘在一边儿了。至于毛笔作坊，是在一家大门进去右手屋子里。以为我是去买毛笔吗？才不是，我是去买被截下来寸长的废笔管，很便宜，都是做小女生的买卖。手抱着一大包笔管，回家来一节节穿进一长条结实的线绳上成了一条竹跳绳。竹跳绳打在地上发出清脆的声音，增加跳绳的情趣。不过竹管被用力地甩在地上，日久会裂断，就得再补些穿上去。

放学回家，过了厂西门再向前走一小段，就到了雷万春堂阿胶鹿茸店所在的鹿犄角胡同了。迎面的玻璃橱窗里，摆着一对极大的鹿犄角，是这家卖鹿茸阿胶的标本展示。店里常年坐着一两位穿长袍的老者，我看这对鹿犄角和老者有二十多年了。看见鹿犄角向左转（北京话应当说"往南拐"），先看见井窝子（拙著《城南旧事》写我童年故事的主要背景），就到了我最早在北京的住家椿树上二条了。

文人爱提琉璃厂，因为它是文化之街，自明清以来，不知有多少文人的笔下都写到琉璃厂。小孩子或妇女爱提厂甸，因为"逛厂甸儿"是北京过年时类似庙会的去处。厂甸是在东西琉璃厂交界叫作"海王村公园"的那块地方,说公园,其实是一处周围有一转圈房子的院落而已。院子中有荷花池、假山石,但是平日并没有人来逛。公园有一面临南新华街,这倒是一条学校街,师范大学(早年的京师学堂)和师大附小面对面地把着马路两边,师大附中则在厂甸后面。这条包含了新旧书籍、笔墨纸砚、碑帖字画、金石雕刻、文玩古董的文化街,再加上大、中、小学校,更增加古城的文化气息,我有幸在北京成长的二十五年间,倒有将近二十年是住在这条全国闻名的文化街附近,我对这条街虽然非常非常的熟识,可惜不学如我,连一点古文化气息都没熏陶出来!

我的公公夏仁虎(号枝巢)先生在他的《旧京琐记》一书中开头就说"余以戊戌通籍京朝",我也可以说我是"五岁进京"吧!先母告诉我进京经过是这样的:

一九二二年三月初,我随父母自台湾老家搭乘日本轮船"大洋丸"去上海。在大洋丸上遇见了连雅堂先生夫妇,母亲说他们可能是到日本去看博览会。当时的情形是这样,母亲晕船,整天躺在房舱里,我则常到甲板上跑来跑去,连雅堂先生看见我这个同乡小孩,便跟我说话,因而认识了我的父母。他知道我们要到北京去,还建议说,到北京该去琉璃厂刻个图章,那是最好的地方。这样说来,我们在大洋丸上就先知道北京有个琉璃厂了。怪有趣,也有缘。

刚到北京，临时住在珠市口一家叫"谦安栈"的客栈，旁边是有名的第一舞台（第一次看京戏就在第一舞台，那是一场义务戏，包罗全北京的名伶，李万春那时是有名的童伶）。不久我们就搬到椿树上二条。

一个大雨天，叔叔带我去考师大附小，我无论怎么淘气，还是一个很怕考试的小女孩。就在一排教室楼的楼下考到楼上。一间一间教室走进去、走出来，到每一个讲桌前停下来，等待老师问你什么（例如认颜色），要你做什么（例如把不同形状的木制模型嵌进同形的凹洞里），为了试耳音，老师紧握双手，伸开距离两耳各一尺的地方，要考生指出哪一边有手表秒针走的声音，我一一通过，当然考取了，就在这北京城有名的"厂甸附小"读了六年，打下我受教育的好基础。

每天早上吃一套烧饼油条，背了书包走出椿树上二条的家门，出了胡同口，看见井窝子，看见鹿犄角，看见大宰活羊，再走过一整条的西琉璃厂，看见街两边的老书铺、新书店、南纸店、裱书铺、古玩店、笔墨店、墨盒店、刻字铺……我是一个接受新式小学教育的小孩，在这条古文化街过来过去二十多年，文人学者所写旧书铺的那种情调气氛及认识，我几乎一点儿也没有沾染过。

附小的大门进来，操场左边是一、二年级教室，然后一间间教室向里升进去。学校是以大礼堂隔开前后操场和不同年级。

穿过礼堂豁然开朗的是大操场，全校如有朝会、运动会都是在这大操场上举行。大操场右面大楼就是我入学考试的大楼了，它也是四年级以上的教室楼。操场顶头有一排平房，是图书室和缝纫室。到了三年级女生就要学缝纫，男生则是在前院的工作室学锯木板、钉钉子什么的。

胖胖的郑老师教我们缝纫。开始学直针缝、倒针缝，然后是学做手绢，锁狗牙边儿，再下去是学做蒲包鞋，钉亮片，绣十字线……成绩好的作品还锁在玻璃柜里展览呢！但是我最爱的却是这间兼图书室的架上所陈列的书本。这些课外读物给我印象深刻的是商务印书馆所出版林琴南翻译的世界名著。我们今天仍沿用的西洋名著的书名，大都还用林译书名，尤其是一些名著改编电影在中国上演，皆采用林译书名为电影名，如《茶花女》《黑奴吁天录》《块肉余生记》《劫后英雄传》《双城记》《基度山恩仇记》《侠隐记》等等，皆非原著之名，而是林琴南给起的。大家都知道林氏并不谙英文，有笑话说，他在英文"beautiful"一字旁，注谐音为"冰糖葫芦"。他也不逐字逐句译书，他依据口述者口述，再自己编写成浅显文言，所以每书皆不厚。我读小学三、四年级时，林译小说还在盛行，我们那小图书室就可借阅。我囫囵吞枣，竟也似懂非懂地读了不少林译。没想到我这个尚未接触中国新文艺的小学生，竟先读了西洋小说，这也真是怪事了。

公公所著《旧京琐记》，有数处地方写到琉璃厂，他曾写说：

> 琉璃厂是书画、古玩商铺萃集之所。其掌各铺者，目录之学与鉴别之精，往往有过于士夫。余卜居其间，恒谓此中市佣亦带数分书卷气。盖皆能识字，亦彬彬有礼……

先翁所说"余卜居其间"，是因夫婿夏家数十年居于城南，两屋皆在琉璃厂一带。早年是住在南新华街师大旁边一胡同叫"安平里"的，听外子说，后墙外就是师大的操场，他的四哥亦师大学生，常常走快捷方式翻过矮墙到师大去上课，就不走师大正门了。后迁至厂西门下去一些的永光寺街，老太爷出出入入当然也是经过琉璃厂这条街了。

又曾读过近人所写一文，也是谈到琉璃厂旧书店的情调：

> 当你踱进一家湫暗低陋的书肆门限时，穿着土布制成的长袍宽袖旧式服装，手里拿着白铜的水烟袋的老主人陪着笑容，打着呵欠迎你出来。在那种静穆的空气笼罩下，四围尽是些"满目琳琅"的画册，伸手从架上抽出一部经书翻翻，放下再找一套说部读读，看完篇论文，又寻段话诗的。真是但觉宇宙之大，也不过包综于这几万卷线装书里面而已，便不由得使你忘了一切身边的琐事，而感到一种莫可言传的趣味，这里竟想不出一

个适当的名词来说明这种趣味，姑且叫它做"诗意"吧……

逛逛湫暗的旧书铺，竟有诗意之感，我是没有体验过，印象中只觉得这种旧书铺或古玩铺长年里静悄悄的，极少有顾客盈门的情形。北京对古玩店有句俗语说"三年不开张，开张吃三年"，就是这种情形吧！在这条街上，胡开文、贺莲青、李玉田的湖笔徽墨，荣宝斋、清秘阁的字画纸张，倒是有去购买的经验。小学时候，二年级就习写毛笔字，去琉璃厂买一个小小的白铜墨盒，上面刻着山水画，买来后，请母亲用毛线钩一个墨盒套。有习字的日子，就提着小墨盒上学去。在九宫格的毛边纸习字簿上，照柳公权的字帖春蚓秋蛇地涂写一番。柳字细巧，本是适合女孩子练字的，叔叔给我买的这本《柳公权玄秘塔字帖》，我可也习写了好多年呢！夏秋之季每天守着春蚕吐丝，就是为了用丝棉做墨盒芯子。把一块"天然如意"的墨条用棉纸包裹上，再熔蜡油滴满包纸上，是为了巩固墨条不致断裂。耐心而有趣地磨了浓浓的墨汁，注入墨盒里，我爱用七紫三羊毫毛笔，蘸着完全自己调制的墨汁，写出来的字虽不怎么样，兴趣却浓。这些都是求之于琉璃厂的。

磨墨一事是中国人读书生活中不可缺少的，我婚后常常看见公公在书房里，他的爱妾曼姬正据桌安坐，弯着胳臂一圈一圈有规律地运作着，给老太爷磨墨呢！唯有这时他们是和谐的、安详的，他们一定有宇宙虽大，却只有他俩的感觉吧。记得某年过年，老太爷不怕忌讳，竟用一副故宫流落出来的灰色宣纸写下：

老思无病福
饥吃卖文钱

这样的对子作为开春执笔。这副对联裱好后，挂在他们的书房里。它一直是我喜爱的，曾想问老人家可否送给我这第六房儿媳妇留以为纪念，一直未出口，如今只留下记忆了。我又记得我返台见到先父的学生吴浊流先生，他屡次对我说，他八岁受教于先父，常在放学后到老师的单人宿舍里，为老师研墨、拉纸，看老师写字。他曾把这深刻的、亲切的印象，写在他的禁书《无花果》里。

说到纸，也是琉璃厂的产物，前面所说我初习字用毛边纸的习字簿，当然用不着到荣宝斋、清秘阁这类讲究大店去买，但长大后却喜爱到荣宝斋去选购一些彩色木板水印笺纸，我买来并非用它来写信，我哪里舍得，也没那么风雅，只是喜爱它，当作艺术品那样欣赏保留。记得有一套是齐白石的写意小品，鱼、虾、螃蟹等等，印在笺纸的左下角上，别提多雅致了。印制木板水印笺纸，是荣宝斋的一项专门技术，听说他们近年来更发展成把古今名画亦以木板套色水印方式复制了。去年在香港，金东方妹送了我一锦盒装的"萝轩变古笺谱"，是上海博物馆出品，仿古宣纸笺是那样的古朴可爱。萝轩笺谱原有近二百幅，是明代天启年间吴发祥制作，这套只选了八面，印制在信笺的中央，其雕镂极细巧，在简练的运笔下，刻出花篮、竹石、孤雁、花卉、书架、花鹿等，以两色设色，简单中的古朴精雅，我抚摸把玩，不由得想起年轻时到琉璃厂买这类文物的"附庸风雅"的心情了！

在琉璃厂生活的二十多年中，还能记忆的是路南的有正书局，每年阴历大年初一，店面玻璃窗中贴满了中国古典小说如《三国演义》等的绣像全图，好像看连环图画，也是小孩子所喜欢的。琉璃厂古文物商店的匾额也颇有其特性，题额者多为书法家，在我印象中有姚华（茫父）、张伯英、陆润庠、翁同龢、张海若、祝椿年等，其他记不起来了，他们各为谁家题的匾额，已不复记忆。

书店（不是旧书铺）给我更快乐的还是琉璃厂那几家新式书店——商务印书馆、中华书局、北新书局、现代书局。在小学时，每学期开学，拿着书单要到商务印书馆和中华书局去买教科书，是我最快乐的事。商务印书馆很大，台阶上去，有左右两个大门，进去后，是一条宽敞走廊，第二道门是转门，起码在六十年前他们就有了转门。可见其洋了。再进去左右是高高的柜台，我形容其高，是因为我是个小女生，柜台要仰望之，我伸长手臂把书单递上去，店员配了书，算了账，跟我要了书款，然后就有一个空中缆绳系着一个盒子，把书单和书款放入盒内弹到账台那边，等一下再弹回来。这样店员就不必一趟趟往账台跑。小小心里觉得这书店好神气，在这样的书店买了书真高兴。有时放学回家路过商务印书馆的时候，也会跑上台阶，从这门进去，穿过走廊，再从那门出来，小小的我就这样走走，也满心高兴。中华书局则在商务印书馆斜对面，只是一栋平房，气派小多了。除了教科书以外，在小学生时期，曾有多年订阅中华书局的《小朋友》半月刊和商务印书馆的《儿童世界》杂志，那是我课外的精神食粮。记得《小朋友》上曾连载王人路翻译的《鳄鱼家庭》，是我爱读的小说，王人路是电影明星王人美的哥哥，当年写译过许多给小朋友阅读的作品。

北新书局（路北）和现代书局（路南），则是我上了中学以后在琉璃厂吸收新文艺读物的地方。我小学毕业后父亲过世，母亲是旧式妇女，识字不多，上无兄姐，我是老大，读什么书考什么学校都要我自己做主，培养我读书（不是教科书）的兴趣，可以说"家住书坊边"——琉璃厂给我的影响不小。现代书局是施蛰存一些人办的，以"现代"面貌出现，我订了一份《现代》杂志，去看书买书的时候，还跟书局里的店员谈小说、新诗什么的，觉得自己很有文艺气息了！

如果厂甸用"逛"的，那就不是专属于文人雅士了；逛厂甸儿一年只有两次，就是新历年和旧历年的时候。厂甸的范围原属海王村公园一带，但北伐以前的北京时代，其热闹繁盛要延长东西南北数方里；一整条新华街，北起和平门脸儿，南达虎坊桥大街；还有整条东西琉璃厂，刚好形成十字形。海王村公园里面，摆了几百个摊子，玩具、饮食、玉器等等各有其集中点。这是给儿童及一般家庭妇女逛的。据齐如山先生说，典型的中国制玩具有几百种，过年时候就会全部在厂甸出现。记得早上起来，在家里就可以听到胡同里赶早班逛厂甸的儿童买的风车、噗噗登玩具，一路风吹、人吹，呱呱山响。饮食摊位则在海王村门口两旁及后面，而海王村里面中央在"北京"时代则搭起一高台子，设许多茶座，是为了逛厂甸的文人雅士携眷来居高临下风光一番的。这到北伐以后就没有了。先翁曾做《厂甸新春竹枝词》，就是描写当年这种"逛"厂甸的情形。

至于厂甸新春的旧书摊及画棚子，是设在贯通南、北新华街整条大马路上，大画棚子多在师大门口一排，对面附小门前则是旧书摊，都各延伸数里长。文人学者们逛旧书摊，费一上午或一下午是不够的，总要天天来、上下午都来。琉璃厂的旧书铺也在此设临时书摊，但是贵重的绝版古书，当然还得请你到铺里去看了。画棚里的字画，我始终不懂，只是看热闹罢了。但记得那里有很多董其昌、郑板桥的字，八大山人的画，后来才知道，假的多。

在北京居住的二十六年间，不管是否住在琉璃厂附近，都一样几乎每天到琉璃厂这一带来。读附小二年级时，我家搬到和平门里的新帘子胡同，每天得坐车绕顺治门走顺城街到附小上学，但不久开辟了一座和平门，打通南北新华街。记得正在动工的时候，也可以从一垛垛的土堆上走过去，觉得非常新奇有趣。从新帘子胡同又搬到虎坊桥大街，这次到南新华街南头儿了，上下学也是得走新华街、厂甸到附小。后来又搬到西交民巷，虽非琉璃厂区，但小学还没毕业，还是得每天到厂甸上学。父亲病重时，我家住在梁家园，父亲去世后，就搬到南柳巷，婚后夫家在永光寺街，全属琉璃厂区。最后几年住在中山公园旁的南长街时，我在师大图书馆工作，仍是每天到厂甸来上班，还是没离开琉璃厂。

琉璃厂——厂甸——海王村公园，对于自幼年成长到成年的我，是个重要的地方。长于斯，学于斯，却是个"家住书坊边，不知书坊事"的人，很惭愧。没有学出什么，只怪自己的兴趣太广，只好从虚荣心上讲，有些得意罢了！

虎坊桥

常常想起虎坊大街上的那个老乞丐，也常想总有一天把他写进我的小说里。他很脏、很胖。脏，是当然的，可是胖子做了乞丐，却是在他以前和以后，我都没有见过的事；觉得和他的身份很不衬，所以才有了不可磨灭的印象吧！常在冬天的早上看见他，穿着空心大棉袄坐在我家的门前，晒着早晨的太阳在拿虱子。他的吐沫比我们多一样用处，就是食指放在舌头上舔一舔，沾了吐沫然后再去沾身上的虱子，把虱子夹在两个大拇指的指甲盖儿上挤一下，"哒"的一声，虱子被挤破了。然后再沾吐沫，再拿虱子。听说虱子都长了尾巴了，好不恶心！

他的身旁放着一个没有盖子的砂锅，盛着乞讨来的残羹冷饭。不，饭是放在另一个地方，他还有一个黑脏油亮的帆布口袋，干的东西像饭、馒头、饺子皮什么的，都装进口袋里。他抱着一砂锅的剩汤水，仰起头来连扒带喝的，就全吃下了肚。我每看见他在吃东西，就往家里跑，我实在想呕吐了。

对了，他还有一个口袋。那里面装的是什么？是白花花的大洋钱！他拿好了虱子，吃饱了剩饭，抱着砂锅要走了，一站起身来，破棉裤腰里系着的这个口袋，往下一坠，洋钱在里面打滚儿的声音叮当响。我好奇怪，拉着宋妈的衣襟，指着那发响的口袋问：

"宋妈，他还有好多洋钱，哪儿来的？"

"哼，你以为是偷来的、抢来的吗？人家自个儿攒的。"

"自个儿攒的？你说过，要饭的人当初都是有钱的多，好吃懒做才把家当花光了，只好要饭吃。"

"是呀！可是要了饭就知道学好了，知道攒钱啦！"宋妈摆出凡事皆懂的样子回答我。

"既然是学好，为什么他不肯洗脸洗澡，拿大洋钱去做套新棉袄穿？"

宋妈没回答我，我还要问：

"他也还是不肯做事呀？"

"你没听说吗？要了三年饭，给皇上都不当。"

他虽然不肯做皇上，我想起来了，他倒也在那出大殡的行列里打执事赚钱呢！烂棉袄上面套着白丧褂子，自丧家走到墓地，不知道有多少里路，他又胖又老，还举着旗呀伞呀的。而且，最要紧的是他腰里还挂着一袋子洋钱！这一身披挂，走那么远的路，是多么的吃力呢！这就是他荡光了家产又从头学好的缘故吗？我不懂，便要发问，大人们好像也不能答复得使我满意，我就要在心里琢磨了。

　　家住在虎坊桥，这是一条多姿多彩的大街，每天从早到晚所看见的事事物物，使我常常琢磨的人物和事情可太多了。我的心灵，在那小小的年纪里，便充满了对人世间现实生活的怀疑、同情、不平、感慨、兴趣……种种的情绪。

　　如果说我后来在写作上有怎样的方向时，说不定是幼年在虎坊桥居住的几年，给了我最初的对现实人生的观察和体验吧！

　　没有一条街包含了人生世相有这么多方面，在我幼年居住在虎坊桥的几年中，是正值北伐前后的年代。有一天下午，照例的，我们姐弟们洗了澡换了干净的衣服，便跟着宋妈在大门口上看热闹了。这时来了两个日本人，一个人拿着照相匣子，另一个拿着两面小旗，是青天白日旗。红黄蓝白黑五色旗刚刚成了过去。小日本儿会说日本式中国话，拿旗子的走过来笑眯眯地对我说：

　　"小妹妹的照相的好不好？"

　　我不知道这是怎么一回事，和妹妹直向后退缩。他又说：

　　"没有关系，照了相的我要大大的送给你的。"然后他看着我家的门牌号数，嘴里念念有词。

　　我看看宋妈，宋妈说话了：

　　"您这二位先生是……"

"噢，我们的是日本的报馆的，没有关系，我们大大的照了相。"

大概看那两个人没有恶意的样子，宋妈便对我和妹妹说："要给你们照就照吧！"

于是我和妹妹每人手上举着一面青天白日旗，站在门前照了一张相，当时也不知道究竟是为什么要这样照。等到爸爸回家时告诉了他，他不但没有生气，反而玩笑着说：

"不好喽，让人照了相寄到日本去，不定是做什么用呐，怎么办？"

爸爸虽然玩笑着说，我的心里却很害怕，担忧着。直到有一天，爸爸拿回来一本画报，里面全是日本字，翻开来有一页里面，我和妹妹举着旗子的照片，赫然在焉！爸爸讲给我们听，那上面说，中国街头上的儿童都举着他们的新旗子。这是一本日本人印行的记我国北伐成功经过的画册。

对于北伐这件事，小小年纪的我，本是什么也不懂的，但是就因为住在虎坊桥这个地方，竟也无意中在脑子里印下了时代不同的感觉。北伐成功的前夕，好像曾有那么一阵紧张的日子，黄昏的虎坊桥大街上，忽然骚动起来了，听说在逮学生，而好客的爸爸，也常把家里多余的房子借给年轻的学生住，像"德先叔叔"（《城南旧事》小说里的人物）什么的，一定和那个将要迎接来的新时代有什么关系，他为了风声的关系，便在我家有了时隐时现的情形。

　　虎坊桥是一条通往最繁华区的街道，无论到前门，到城南游艺园，到八大胡同，到天桥……都要经过这里。因此，很晚很晚，这里也还是不断车马行人。早上它也热闹，尤其到了要"出红差"的日子，老早，街上就有很多从各处来看"热闹"的人。出红差就是要把犯人押到天桥那一带去枪毙，枪毙人怎么能叫作看热闹呢？但那时人们确是把这件事当作"热闹"来看的。他们跟在载犯人的车后面，和车上的犯人互相呼应的叫喊着，不像是要去送死，却像是一群朋友欢送的行列。他们没有悲悯这个将死的壮汉，反而是犯人喊一声："过了十八年又是一条好汉！"群众就跟着喊一声："好！"就像是舞台上的演员唱一句，下面喊一声好一样。每逢早上街上涌来了人群，我们就知道有什么事了，好奇的心理也鼓动着我，躲在门洞的石墩上张望着。碰到这时候，母亲总要极力地不让我们去看这种"热闹"，但是一年到头常常有，无论如何，我是看过不少了，心里也存下了许多对人与人之间的疑问：为什么临死的人了，还能喊那些话？为什么大家要给他喊好？人群中有他的亲友吗？他们也喊好吗？

　　同样的情形，大的出丧，这里也几乎是必经的街道，因为有钱有势的人家死了人要出大殡，是所谓"死后哀荣"吧，所以必须选择一些大街来绕行，做一次最后的煊赫！沿街的商店有的在马路沿摆上了祭桌，披麻戴孝的孝子步行到这里，叩个头道个谢，便使这家商店感到无上的光荣似的。而看出大殡的群众，并无哀悼的意思，也是抱着看热闹的心情，流露出对死后有这样哀荣，有无限羡慕的意思在。而在那长长数里的行列中，有时会看见那胖子老乞丐。他默默地走着，面部没有表情，他的心中有没有在想些什么？如果他在年轻时不散尽了那些家产，他死后何尝不可以有这份哀荣，他会不会这么想？

欺骗的玩意儿，我也在这条街上看到了。穿着蓝布大褂的那个瘦高个子，是卖假当票的。因为常常停留在我家的门前，便和宋妈很熟，并不避讳他是干什么的。宋妈真奇怪，眼看着他在欺骗那些乡下人，她也不当回事，好像是在看一场游戏似的。当有一天我知道他是怎么回事时，便忍不住了，我绷着脸瞪着眼，手插着腰，气势汹汹地站在门口。卖假当票的竟说：

"大小姐，我们讲生意的时候，您可别说什么呀！"

"不可以！"我气到极点，发出了不平之鸣，"欺骗人是不可以的！"

我的不平的性格，好像一直到今天都还一样的存在着。其实，对所谓是非的看法，从前和现在，我也不尽相同。总之是人间世相看多了，总不会不无所感。

也有最美丽的事情发生在虎坊桥，那便是春天的花事。常常我放学回来了，爸爸在买花，整担的花挑到院子里来，爸爸在和卖花的讲价钱，爸原来只是要买一盆麦冬草或文竹什么的，结果一担子花都留下了。卖花的拿了钱并不掉头走，他会留下来帮着爸爸往花池或花盆里种植，也一面和爸爸谈着花的故事。我受了勤勉的爸爸的影响，也帮着搬盆移土和浇水。

我早晨起来，喜欢看墙根下紫色的喇叭花展开了她的容颜，还有一排向日葵跟着日头转，黄昏的花池里，玉簪花清幽地排在那里，等着你去摘取。

虎坊桥的童年生活是丰富的，大黑门里的这个小女孩是喜欢思索的，或许是这些，无形中导致了她走上以写作为快乐的路吧！

第二部

我的京味回忆录

　　我常笑对此地的亲友说："北京连城墙都没了，我回去看什么？"正如吾友侯榕生十年前返大陆探亲，回来写的文章中一句我记得最清楚、也颇同感的话，她说："我的城墙呢？"短短五个字，我读了差点儿哭出来。

五凤连心记

　　非常怀念天津小白楼益翔绸缎庄的靳先生（或者是金先生，也许是秦先生）。他穿着萝卜丝的羊皮袍，外头罩着织贡呢大褂。当他说话——说着说着就把袖子口不经心地挽起来，崭新的蓝条白绒小褂的袖口就露出来啦！他说着天津话，并且用手指着堂兄阿烈：

　　"您记着。先买五只大母鸡，放在咱们家里，再养活五天。这五天嘛，天天喂五顿就行啦，喂的是嘛呢？您呐听着……五两……上骡马市西鹤年堂买去。五两……要新鲜的，五两……上……买去，就提天津小白楼益翔家老靳……"

　　堂兄阿烈没听清楚，我也没听清楚，总而言之，我们一家人都没听清楚。

　　"什么？什么？什么？"我们一连串地问。

　　"您呐，别着急，我再从头儿说……"

　　妈妈确实在着急，因为四妹病了有些日子了。她渐渐地黄黄瘦瘦下来，总是一点精神儿也没有，一个人呆坐在榆树底下的小板凳儿上。没有什么可玩的，她就俯下身子来满地捡从树上落下的榆钱儿，从嫩绿色的捡到了黄了干了的。现在冬天已经来了，她更不好了，还是坐在小板凳上，在廊檐底下晒那早晨照进来的太阳。如果她要有举动或说话，也都是颤颤悠悠的。

就在这个时候，靳先生来了。据说，他叫开了门，就对王妈说：

"劳驾您呐！我打听打听，这家住的是？……"靳先生非常和气地探询着。

"姓林，林太太。"王妈很干脆地回答。

"噢，是林太太。我是天津小白楼益翔绸缎庄姓靳。林太太天津有个认识的……"

"是呀，有个原先在这儿做事的老姐妹宋妈在天津。"再没王妈爽直的啦。连那心直口快的宋妈都比不上她。

"对啦，是交代我说姓宋来着。"

"宋妈眼前还在苏太太家使唤着哪？"她倒向靳先生打听起来了。

"是啦，苏太太常上我们柜上买料子，就这么提起的啦！我在柜上多年了，自小跟着我们老掌柜的，也学了点岐黄之术，咱们老掌柜的看病全是为修好，……"

靳先生还没说完呢，王妈就乐开了：

"那敢情好，俺们这儿四小姐可不就病了些日子啦！"

接着，靳先生就被引进来了，王妈居功仿佛这位靳先生是她介绍的，没有宋妈什么事了。王妈介绍靳先生说：

"人家靳先生医道儿可高了，老掌柜的没传授给别人，就算靳先生得了这一传。四小姐快让靳先生给号号脉吧！"

五岁的四小姐，蜡黄着脸，很困难地从廊檐的小板凳儿上站起来，两只眼睛汪着泪，她一定很害怕，更颤悠了。

靳先生看四妹进来，心疼得什么似的，握着她的小手儿，观望她的气色，紧抿着嘴，轻摇着头，若有所思，不胜叹息：

"不轻，这个症候儿。"

我们屏息地站在一旁，心情当然沉重，王妈更是表情深刻的，长长地"唉"了一声，打破这暂时的寂静。

靳先生一边给四妹号脉，一面点头沉思，还自己对自己不断地"嗯""嗯"着，我们想是他号出点儿什么来了。

我们一家人的眼睛盯住靳先生，希望他给四妹看出个道理来，这一阵子，四妹中医、西医可也给看过不少了。

然后靳先生放下了四妹的手，似是心情沉重地说："太虚了！"

妈妈紧蹙着眉头，我们也都不敢言语，四妹瞪着惊奇的大眼睛。

"这病有多少时候儿啦？"

"将近半年了。"妈妈回答。

王妈不甘心，她对妈妈倚老卖老地说：

"我看这就得打这孩子六个月说起。哪个兴六个月的孩子就喂炸酱面的！"她毫不客气地责备起母亲来了，"孩子的奶妈没奶了，您也不留神，就让她喂孩子吃炸酱面？"

妈没分辩什么，谁让她生了这么多孩子照顾不过来呢！不过当四妹的奶妈喂四妹吃炸酱面的那个时候，并没有王妈呀，她那时候还不知道在哪家给人使唤着呐！她怎么知道的？难道是我说的？也许，是我那时候亲眼看见四妹"提溜"一下把一根面条吸进嘴里去的。奶妈因此被解雇了。

靳先生说，要看看这孩子该怎么个治法儿，他要试验一种东西，他说：

"这么着，我再给四小姐扎扎看，要是扎出来流的是黄水，就不碍事。"

"那么坏的现象是怎么样呢？"堂兄阿烈问。

"那就是流绿水喽！"

可怕的绿水！我们真担心。当靳先生从身上掏出一个小包包来的时候，我们几个小孩子不由得围上来看。小包包里是一根极细的小针，不是针，简直是一根金属的丝。

他让四妹趴到沙发上，四妹哭了，她害怕，又不敢抵抗，因为她一向都那么软弱的。但是靳先生真好，哄着四妹说：

"不碍事，小姑娘，等病好了，跟妈妈到天津找苏大妈，还有你们的老宋妈玩去。"

"我们叫苏伯母。"弟弟马上提出更正。

"噢，苏伯母，对对对，找苏伯母玩去。"

我们渐渐对靳先生有了好感，都挤到沙发旁去看四妹。但是靳先生却和蔼地笑笑说：

"别挤在我跟前呀！我会扎错地方的！"

我们只好都退到一边。四妹的小棉袄被掀开了，靳先生抚按着四妹的瘦脊背，仿佛在数她的排骨。这时妈妈和堂兄阿烈走上前去，要看看靳先生怎么个扎法，还要安慰四妹，因为她正在可怜的嘤嘤哭泣。

好了，靳先生按呀按的，大概按到一节顶合适的脊梁骨上了。他把细小的针，刚比在那节骨上，忽然，想起什么来了，他对阿烈哥说：

"您给找个小碟子来吧！"

阿烈哥忙跑去厨房拿碟子去了。靳先生再次把针比在那骨节上，他又想起了什么，对妈妈说：

"您给拧个湿手巾来，要热的才好。"

妈妈又赶快去找热手巾去了。这时只见靳先生两手在四妹的脊背上摸弄着，老远的，我们也看不见。等到阿烈哥的小碟子取来，靳先生惊喜地轻喊着：

"您看，有办法儿啦，是黄水儿咧！"

说着，他就接过碟子，从那根细针上，果然挤出几滴黄水到碟子里。妈妈的热手巾也来了。于是小碟子里的几滴黄水，被传给屋里的每个人看了。

妈妈眉头也展开了，她奇怪而又高兴地对阿烈哥说：

"原来我们中国祖传的方法也和西医一样，可以抽脊髓水的！"

但是靳先生否认这些，他连忙摆手说：

"这可不能像西医的抽脊髓水呀！咱们不能做那事，林太太，您知道吗？脊髓水是从脑子里下来的，可抽不得呀！那就是脑汁呀，可怎么能抽呐！"

靳先生说着又接过热毛巾来，在四妹的背上轻轻地敷按着，就是他抽那黄水的地方。然后靳先生非常轻松的，当然，我们大家也都轻松了许多，因为他说四妹的病是可以治疗的，因为流的是黄水，不是绿的。幸亏不是可怕的绿水！

接着，就是关于那五只大母鸡了。

靳先生清清嗓子，很严肃地问：

"您哪嫌不嫌麻烦？"

"麻烦？不嫌麻烦。"妈妈和阿烈哥同时回答。

"那就好，我告诉您一帖膏药方，自己熬，我们老掌柜的就凭这帖膏药方，治了不知多少疑难大症。您知道吗，前门大街鲜鱼口上裕丰家老掌柜的小孙子儿，大前年个，就跟您这四小姐同样儿毛病儿。就贴了两帖，现在好了，孙悟空似的，花果山水帘洞都能去咧……"

花果山水帘洞，我们都知道，所以我跟二妹、三妹、弟弟都笑了。我们想，如果四妹好了，真像孙猴儿似的，到处乱跑，简直不能想象那是什么样子，所以我们笑了。

我们再听靳先生说：

"这帖药膏，就是熬起来麻烦点儿，不是我给我们老掌柜的净说好话，要是想发财，谁愿意把祖传的方子满处告诉人？可是我们老掌柜的就说了：做嘛要自己秘着不告诉人呢？那么您哪仔细听着记着：先买五只大母鸡，放在家里养活五天……买五两……买五两……五两……"

五两这五两那，记不住啦，于是阿烈哥说：

"我用笔记下来。"

阿烈哥去拿了笔墨纸砚，一本正经地在记老掌柜的救人无数的那帖膏药的制法。

"好啦，您哪记着，五两鲜莲子，五两……都预备齐了。五只大母鸡宰了，鸡肚子都掏出来，小心着。那五副鸡心，小心地摘下来，里边洗淘干净了。鲜莲子，剥皮不剥心……连着那五两……五两……还有鸡心……"

阿烈哥出汗了，也许是屋里炉火大旺，也许是他记不下来急的。他苦笑着，斜着头，日本话也迸出来了：

"難しいですね！"（好难啊！）

靳先生听不懂日本话，误会了，他正经地说：

"您说嘛？太无关系？太有关系啦！一分儿，一点儿，也不能差呀！"

"好。我再来写。"阿烈哥重新振作起来。

好了，阿烈哥又接下去写，可是他不断地自己给自己打岔，停下来问：

"五两鲜莲子，怎么？怎么样留住那莲子心？是不是就是绿绿的那个东西？"

"鸡心呢？剥下来，剪一个口，莲子怎么样？塞进去？"

妈妈也打岔，她说：

"好啦，你接着写吧，这地方我记住啦！"

仿佛是整个写好了，但是阿烈哥啧啧地摇头叹气，表示不信任自己。而这时靳先生为了慎重起见，他竟考起阿烈哥来了：

"这么着，您哪讲一遍我听听。因为一点儿都不能马虎。"

于是阿烈哥开始重述这一帖膏药的做法了，头几句他还讲得不错，当然啦，那几句要是叫我讲我也会，我在学校背书头几句总背得很流利。但是慢慢地阿烈哥结巴起来了，有的地方是他写得不清楚，有的地方他竟给前后颠倒了。比如说，鸡心还没有摘下来呢，他就把莲子心塞进去，那怎么能行呢？所以靳先生直摇头，妈也责备他，妈说：

"莲子还没有剥皮呐，就塞进鸡心里！"

我也忍不住了：

"摘鸡心的时候，要小心鸡肝上的苦胆，不要弄破了。"

"真是，你还没有英子清楚！"妈着急地说，"好啦！这点我记住啦，再往下说给靳先生吧！"

阿烈哥又往下说，但仍是那样，丢三落四，该煮不煮，该熬不熬。靳先生深深地叹口气，又不断地思索着，他是在给我们想什么好办法，看怎么样才能使阿烈哥记得更好些。忽然，他说：

"要不然……"但是他又停住不说了。妈是多么盼望他有好办法啊！所以眼睛直望着靳先生，听候他的吩咐。

"要不然，这样好了，"靳先生终于下了决心，"我这儿有两帖现成的膏药，是老掌柜的替人做的，要我带给鼓楼老刘家的，……让我想一想，能不能先匀给你们……"

"那太好了。"妈妈急得想揪住靳先生，"该多少钱由我们来出。"

"那倒不是钱不钱的事，"靳先生就不愿意提到钱，"我们老掌柜一年到头，舍还不知道舍多少呢？"

"当然，"妈妈很是抱歉，"老掌柜的应当舍给贫苦的人家，我们，我们就算请老掌柜的代替我们做的就是啦！"

"那没话说，苏太太是我们柜上的老主顾了。我是想，匀给您这两帖，再给老刘家做的话……"靳先生又在犹豫、盘算。"好啦，好啦，没关系啦！这两帖五凤连心膏，就先给四小姐吧！"

"什么？五凤连心膏？"阿烈哥问。

"是呀，这膏药，"靳先生从皮袍里掏出这两帖膏药来，"就是五凤连心膏。五凤，您不明白？就是这五只母鸡，连心哪，莲子，连着鸡心做成的呀！"

"噢……"妈妈和阿烈哥都明白了，他们微笑着，念叨着，在欣赏这名称的美。"五凤连心，五凤连心……"

"妈，什么叫五凤连心哪？"我听他们在念这名字，觉得非常好听。

"五凤嘛……"阿烈哥向我玩笑地说："就是你们姐妹五个呀！连心嘛，就是你们的心要连在一起，不要今天你跟我吵呀！明天我跟你打呀！大家和和气气的，就不会生病啦！"

"你胡诌！"我不相信。但是我们时常吵来吵去倒是真的。现在只有可怜的四妹没有本事跟我们吵了。

靳先生的这副膏药做得非常讲究，特制的油纸的细长口袋里，刚好放进一副两帖。抽出来是崭新的深红色膏药贴。靳先生把它在手掌心上啪啪地甩打了两下，发出结实有力的声音。他又提高在空中抖落了两下，才递给母亲，并且嘱咐说：

"要贴的时候，先放在小炭火上熔化熔化，记住，小炭火，大煤球炉子可不行呐！"

总而言之，这是一副费尽人力的膏药，做起来要多麻烦有多麻烦。可是妈妈还不知足呢，她接过来以后竟问靳先生：

"还有没有？我干脆一回多买两副好啦！……"

"啊……"靳先生连忙大摆手，"这是看在苏太太的大面子啦，老掌柜的轻易不替人做的呀！"

"可是，要是我们贴着好的话，再上哪儿去找呢？"

靳先生瞪大了眼睛："您说嘛？一副两帖就保好啦！还再要两副做嘛？"

"可是，我还没问一副卖多少钱哪！"妈说着，就要去五斗柜拿钱了。

"我们不是做买卖的啦！我们不能卖的呀！要买，那就还给我好了！"靳先生急了。

妈妈怎么肯放手呢！她紧捏着那两帖红膏药，苦笑着说：

"不是，靳先生，您误会我的意思啦，咱们北京人兴吃药不给钱吗？那不成了骂人了吗？我是说，这副膏药，是老掌柜的花了多少钱买的药料，就算是替我买的，我不得给钱吗？"

这一席话，总算把靳先生说服了，所以他笑了：

"您这么一说，还不大离了。一副五凤连心膏，我知道老掌柜的都得用上十五块大洋的材料。"

"十五块大洋！"妈显得有一点点惊奇，但随即展开了礼貌的笑容。"我去拿。"妈到里间去了。

好像去里间五斗柜的抽屉里拿十五块大洋的时间，不该有这么长，好一会儿，只听见妈在叫阿烈哥。

阿烈哥进去了，又一会儿，才出来，有些不好意思地对靳先生说：

"靳先生，我不知道该怎么说才好，家里现在只剩九块现洋了，我伯母说，请您等一等，她到附近一个朋友家去借一下。"

"那不要紧，千万不要去借！再说，我也忙得很，还要走几家。我来北京一趟，就得替我们老掌柜的赶个十家八家的。"靳先生很痛快地说。

"那么，请您把地址留下，我下午就给您补送过去。"阿烈哥说。

靳先生哈哈大笑："我住天津小白楼，爱送，您给我送去吧！坐火车来回去给我送六块钱！这是嘛话儿？"

既然这么说，妈妈就很难为情地把一叠白花花大洋钱拿出来，当着靳先生的面数给他。但是，当妈妈数到一半的时候，忽然惊叫了一声："哎呀！"妈的脸红了。"这怎么说的呢！

我糊涂了，把这块假洋钱也混到里头了！"

靳先生可是和蔼地说："没有关系，马马虎虎！"

"那可怎么好呢！本来就差六块不够，这么一来，可差了七块啦！那怎么好意思呢！唉，啧，唉！"妈又叹气又跺脚。叹气是为了对不起靳先生，跺脚是为了因此想起这块假洋钱的来源。那是妈妈的一位打牌朋友的一次不道德的行为，使妈妈赢了一块假洋钱。我还记得有一天是星期天，请同学去看电影，跟妈妈要钱，妈妈叫我自己到五斗柜抽屉去拿一块钱，我竟拿了这块假洋钱，到了中央电影院，抢着买票请同学，就被卖票窗口很不客气地给打了退票，结果请客变成被请，还弄得我愧羞得不得了；用假洋钱，是多么可耻的事啊！现在这块假洋钱又混在真洋钱里面，给妈妈丢脸了。

"是谁，是不是你把这块钱给放在一块儿的？"妈妈好像没法挽回她的羞惭，竟看中了我。

"我？"我怎么能承担这？所以我也红着脸跟妈妈急了，"我天天上学，都是只拿铜子儿，我又没动您的洋钱！"

靳先生大概急着要走，他直说："没关系，这值不得什么，就都给了我吧，省着放在你们家里祸害！"

靳先生接过那一落雪白大洋钱了。洋钱递到他手里以后，他就熟练用这一手把洋钱向另一手溜滑下去，有清脆的好听的一串洋钱声，但是其中仿佛陷了一个什么东西，声音不对劲儿了一下，因此靳先生说：

"可不是，真是个假洋钱。"

然后，他就从其中拣出那个和别的一般无二的假洋钱，用两个手指轻轻地捏着它，放到嘴边用力地吹了一下那洋钱边，赶忙送到自己的耳边侧头听了听：

"就是嘛，假洋钱吹了一点儿声音也没有，我告诉您一个诀窍，真的洋钱这么吹一下，您听听，可就能发出嗡嗡的声音来啦！"说着他又抽出一个真的来照样吹了一下。

其实妈早就知道吹洋钱分辨真假的法子啦，可是，她们打起牌来就大方着呐！谁赢了钱，还接过来一块块地吹，那多小气呀！而且，不但如此，一块钱换四十六吊铜子儿，要是输主拿洋钱出来找的话，还得客客气气的，大大方方的，按五十吊找给人家呐！妈就是由于一位太太输给妈四吊钱，她硬是收进一块假洋钱，还找给人家四十六吊钱的，她怎么不生气！

好了，靳先生要走了，他戴起了他那三块瓦的皮帽，放下了挽起的袖口，拍打拍打袍子前身。非常干净利落的一个大男人。他临走又对妈妈说：

"贴了这两帖准保换了一个小姑娘，到那时候，可给我们老掌柜的传名就行了嘛！"

妈高兴得什么似的，鞠躬哈腰地接过来那个油纸口袋，然后放在花架上的那盆梅花的旁边，花盆架子高，我们不至于跑去拿，我们实在姐妹兄弟太多啦，而且都这么随便，爱动什么就动什么，自从爸爸死去以后，妈妈更管不了我们了。

妈妈和阿烈哥送靳先生到大门口去了。其实，我每次和妈妈到瑞蚨祥买布去，那里的伙计都是客客气气把我们送到门口，现在怎么啦，老王妈说的，年头儿大改变了，妈竟送布店的伙计送到大门门口去了。

只有我们姐妹几个在屋里了，我问四妹：

"怎么样，他给你扎针痛不痛？"

四妹摇摇头，"一点儿也不。"

"不痛你干吗哭得那么伤心？"二妹不服气。

"我害怕。"四妹颤颤悠悠地说。

扎针怎么会不痛呢？我也觉得很纳闷，而且居然有那么几滴的黄水滴下来，真奇怪，真不懂。

这时二妹跑到花架子那里去了，伸手去动那个油纸袋。

"大姐，你看二姐！"四妹告状，那是她的膏药，她当然关心。

可是那个油纸口袋实在很诱惑人，尤其是那两帖红色的膏药。二妹拿了下来，我们就围着来看。我们都知道，每帖膏药是阖着的，很不容易揭开，总得放在火上烤软了，尤其是在这冬天，靳先生不是也告诉妈说用炭火烤一烤吗？讲究真叫多。

但是，二妹竟一下子把这帖膏药揭开了！酱红色的膏子，我拿过来闻一闻，很有点儿香味儿，像什么？我递到二妹的鼻子尖上去。二妹使劲抽着鼻子闻：

"像山楂膏的味儿！"

弟弟也抢过去看：

"明明是信远斋的酸梅膏！"

这时，妈妈和阿烈哥进来了，一看我们在动两帖膏药，急了：

"哎呀！别动！别动！"

"妈，你看看，到底是山楂膏，还是酸梅膏？"

妈很生气，气我们乱动东西，但是当她推开我们拿过那贴被揭开的膏药时，她也不免皱起了眉头：

"嗯？……"

"你闻闻。"我说。

妈果然拿到鼻头上闻了闻，她又"嗯？……"了一声，递给阿烈哥。阿烈哥看一看，闻一闻，也斜起头皱了眉："嗯？……"的一长声。

这时小小的五妹出声了："妈，这个……"

五妹高高地举起她的手，手里不知捏着一个什么小东西。

妈低下头来接过五妹手里的东西，是什么？大家的眼睛全集中在那个小玩意儿上。

"好像一个鸡苦胆，是嘛，是个鸡苦胆！"还是妈妈懂得多，

"你从哪儿捡来的？"

"那里。"五妹指着沙发旁，那正是四妹刚才趴在那里接受扎针的地方。"那个人扔在那里的。"

"嗯……"妈再研究一下，"可不是，里面还有点黄水，可不就是黄水。你看是那个人——靳先生扔的？"

五妹点点头。

"那你当时怎么不言语？"妈倒责备起五妹来了。"唉！不知怎么，我后来觉得有点儿不对劲儿似的。"

"我也是觉得有什么不对，可是……"阿烈哥说。

"我也是。"我说。

"你也是，他也是，怎么早不说话呢？"

哟！妈倒赖起我们来了。

妈两手拿着那贴膏药，一开一阖，又仔细地研究。

"也许……"妈犹豫着，"也许五凤连心膏就是这么样的？"

"可是刚才那个人说的做法儿里，也没有酸梅或者山楂当药料，怎么会有那股子味儿呢？"阿烈哥说。

"是嘛！应当是鸡汤味儿的！"二妹还开心呢。

"少废话吧！"妈喝止二妹。"阿烈，你去，追到街上去看看，那个……那个姓靳的走远了没有，把他叫回来。"

我看现在大家都改变口气不愿叫靳先生了。

阿烈哥说："早走过三条街了吧，我上哪儿追去，算了吧！"

这时老王妈进来了，她高高兴兴地问：

"怎么说呀，给开了点儿什么药了吗？"

"这个……"妈把膏药递给王妈，"你看吧，这叫什么膏药，王妈，你一定懂，你是成年价贴膏药的人。"

可不是，王妈现在手指头的裂缝上，还粘着一小块黑冻疮膏呢。她的背上、腰上、肚脐眼儿上，经常都是什么狗皮膏、追风膏的。

王妈把那贴膏药接过去，她也开一下阖一下，研究膏药的黏性。

"这是膏药吗？"王妈也怀疑起来了。

接着妈告诉王妈，给他钱的经过。王妈竟又倚老卖老地说：

"唉！您怎么不跟他还价呢？同仁堂的狗皮膏才多少钱一副！他要多少您就给多少！要照我看，您就应当还价给他一块钱一副还不行！"

"王妈，你真糊涂，这不是还价儿的事呀！"妈妈说。

"要是真还价一块钱就好了，那就把那块假洋钱给他算了！"二妹又多嘴。

妈听了倒笑了，大笑起来，好像刚才的事都算不得什么了。

"想想也怪可笑的，他连真带假把我的钱全搂了去了！还用个鸡苦胆装了几滴黄水吓唬我。不过……阿烈，写封信到天津问问宋妈吧！也许真是她们介绍来的呢，那么这副膏药还是可以贴的。"

妈还在希望那可能性呢！所以，那副山楂膏，不，那副五凤连心膏，妈仍是郑重地把它装进油纸口袋里，放到抽屉里去，一面又对王妈说：

"可是这位靳先生，人倒是挺和气的。"

"他穿得很讲究嘛，他的皮袍也是很新的，也许他是一个真正的靳先生，我们不要随便没弄清楚，就说人家的坏话吧！"阿烈哥竟一本正经地发表议论了。因此弄得我们简直不知道靳先生和他的五凤连心膏，到底是应该信任呢，还是不可信任呢？

不过他的和蔼的态度，渊博的医药常识，动听的口才，真是使我们钦佩，使我们感动呢！

给天津宋妈的问询信寄出去了，我们静等着回音。五凤连心膏，当然妈妈暂时是不敢给四妹贴的。但是在这寒冷的三九天里，我们的膏药专家老王妈，可又贴上了膏药，并且在那个大雪后的星期天早上，她硬是浑身骨头节儿发酸，走路都不利落了，因此妈派遣我和二妹去买早点，指定要买西草厂拐角第二家的烧饼麻花，再顺便到斜对面那家羊肉床子，买一斤半的切羊肉，为的是在这下雪天吃涮羊肉最为美妙。如果可能的话，妈妈又派遣我们，不妨多走两步，到铁门儿带些酱菜回来。我们很高兴地答应了，因为手里拿着一笔钱像大人一样，可以东买西买，是最开心的事。而且这几处都距离不远，是在一条路线上的。

西草厂是我们这一带住家的生活物品供应区，尤其是东口一带，油盐店、猪肉杠、羊肉床、烧饼铺、洋货店、钟表铺、当铺、首饰楼、香蜡店、南纸店、棉花店、冥衣铺，太齐全了，因此那也是一个小小的热闹区，从早到晚。

听说油炸鬼这个名称，是由于那些工作的人，在半夜就起来炸的缘故，但它是多么的香脆可口。当那小小的圆圈圈被夹进刚出炉的芝麻酱烧饼里，再用两个手掌一压，油炸鬼发出了被压碎的清脆的声音，就不由得引起了口涎。正当卖烧饼的把我们买的十个油炸鬼，穿进一根麻绳的时候，我们的面前来了一个男人。

这个男人，他牵了一头小毛驴，驴背上驮着一袋白面。因此这个男人的衣服也都沾满了面粉。他穿的是一身大粗蓝布的大厚棉袄裤，头上戴了一顶小毡帽。从那毡帽里露出一小截叠折了的黄纸头。通常，那都是一张茶叶纸。乡下人是很节省的，他们进城来做一批什么买卖，赚了钱，最大的享受也不过是到茶馆沏一壶茶喝喝。但是面前这个满身满脸面粉扑扑的男人，他是一个乡下人吗？

最初我并没有看见他的正面，我只听见他对打烧饼的人说：

"要吃，还是吃伏地面。我说得不算，你立刻的弄点儿尝尝就知道了！"

他的声音带点怯口，很像王妈的丈夫啦，宋妈的丈夫啦，他们那种乡下人，什么京东的、京北的，我也分辨不出的那种怯口就是了。

打烧饼的说："可不是吗？别瞧我们这儿堆了半屋子洋白面，我们还是宁可吃伏地面，喷儿香。……到底算多少钱呐？"

他们算多少钱，我没注意，因为我这时也在给钱，但是等我和二妹各拿了烧饼和麻花预备离开的时候，那个乡下人转过脸来了。

"瞧！"二妹推了我一下。

"嗯？"我也几乎是同时的。

好一个面熟的脸孔，他是谁？我最近还看见的，是王妈的丈夫？不是。那么是谁呢？

这个人面对着我和二妹，竟向我们微笑了一下，他的笑容更看着眼熟了，但是他随即收敛了笑容，又转过脸去了。我们拿了包好的烧饼麻花，向西草厂走下去，可是我和二妹仍忍不住回过头去看那个乡下人。

"想起来了，"二妹向我瞪大了眼睛，"是那个那个给四妹看病的那个……"

"得了吧！"我马上推翻二妹，"那个人是讲天津话的，而且也不是穿这种衣服！"

我虽然这么说了，但是不得不承认他们的确就是一个人。不过，给四妹看病的，卖伏地面的；说天津话，说怯口话的；穿萝卜丝羊皮袍的，穿大粗蓝布棉袄的，怎么可能会是同一个人呢？可是世上又怎么会有这么相像的两个人呢？

我对二妹说："咱们赶快买了羊肉，再回来看。"

但是等我们买了羊肉走回到烧饼店，小毛驴儿没影了，乡下人没影儿了，门口却围了一堆人，我们刚预备走过去，只听那一堆人里有人喊：

"什么伏地面！上头倒是有一层，底下可全是……全是什么玩意呀！豆腐渣似的！"

又有一个人喊："上当啦，上当啦！他还找了一块假洋钱……"

听见假洋钱，我和二妹不禁拉紧了手。这时又听说："追追看。"

"早没影儿啦！我在打烧饼，哪儿顾得看真的假的！"

我和二妹不知怎么，听见假洋钱，倒像我们犯了法，怕被人认出来似的。我心也跳，脸也热，一直往家里跑，跑进了家门，我们俩停下来大喘气，我说：

"我听见假洋钱，怕死啦！"

"我还不是！"二妹说。但随后我们都笑了，好像进了家门就平安了，就什么都不怕了。

当我们进到屋里的时候，阿烈哥正在念一封信给妈妈听。我们俩同时喊："妈，我们看见那给四妹看病的人了！"

"在哪里？"

于是我们俩你一嘴我一舌的，把小毛驴、伏地面、乡下人的故事讲给妈听。妈听了以后很肯定地说："你们看得一点儿也不错，我想。他这样人会说好多样儿的话，会当好多样儿的人，才能骗好多样儿的钱。"

接着阿烈哥说，天津的苏伯母来了信，说宋妈已经回顺义县老家去生孩子去了，小白楼没有什么益翔绸缎庄，她们也不认识什么会看病的靳先生，而且也不知道四妹病了。但她倒愿意介绍妈妈带四妹到西四羊市大街的中央医院去看病，不要再信什么邪门歪道的玩意儿了！

事情已经过去这么多年了，四妹也在转过年的春天离开人世，她的两只最美丽的大眼睛，给我们留下永远的印象。提起靳先生，我们并不生气，后来的许多年，一直到现在，他也还是我们回忆中不可磨灭的人物。他和我们共处了足足有两小时，这两小时竟是个永恒。我们认识了一个多才多艺的男人，虽然我们不知道他究竟姓什么，到底是哪里人？可是在那两小时中，他确实给了我们点儿什么，他使我们在失望中忽然有了新的希望，他给我们安慰，他是那么和蔼，他还能使我们对他感觉歉意（关于那块假洋钱），也表现出我们虽然用了假洋钱，但我们是诚实的人。

因此，无论什么时候，我们想起了靳先生，谈到他，我们都要笑一阵的。这么说来，对于那八块白花花的大洋钱，究竟也不能算是个太大的损失吧！

茶花女轶事

朋友特为我送来一本早年北方出版的某画刊合订本，图文并茂令人惊喜。翻开第一页，就使我倍觉亲切，因为那期的封面，刊登的是一位美丽的小姐，当年在京津一带很出名的"闺秀"，而我和她的妹妹是同学。再接着一页页地翻下去，使我重温习到许多人物和事情。那些上了报的"闺秀"们的早年的服装、打扮，我记得都曾使我向往，我希望也有一天能穿着，像大小姐的派头儿，因为那时我只是一个半大不小的初中女学生啊！

"快到了！"送画刊给我的人忽然说。

"什么快到了？"我问。

"我主要送它来给你看的那一页快到了。"

我想那一定是我认识的人，或者那是现在也在台湾的什么人物的照片。在座同看这本画报的，还有几位北方朋友以及写作的朋友，她们当然也都对这本老画报很有兴趣。

当翻到了某一页的时候，我惊叫了一声：

"啊，这不是我吗？"

许多脑袋都围拢来看"我"—— 一个，正是所谓的初中女学生，斜分着头发，齐耳朵，一边拢到耳朵后，一边斜散披在右前额。

"不说简直看不出是你。"大家异口同声地说。

"当然啦，连我自己都不认识自己啦！"但令我更惊奇的是，照片旁边还有一首新诗，署着我的名字，那是我的大作呀！大家一看我写的新诗，便同声地朗诵起来了，那是一篇题名叫《献给茶花女》的小诗：

你在终夜看守着这脆弱的生命，

你在你的肉体里还留存着偎抱中所灌输的温和的柔情；

你紧紧地对着那默静无言的唇，

这也是你爱阿芒而给阿芒的爱的初吻。

无情的风，无情的雨，

再加上一个无情而柔弱无力的黄昏；

你为了青春你牺牲了你的青春，

一个不可超越的身体，便会有忧闷，悲苦，和消灭的温存。

大家越念越起劲，念到后来都大笑起来，笑不可抑。

"真不知道你还会写诗！"

"而且还这么新潮！"

"无情的风，无情的雨，再加上一个无情而柔弱无力的黄昏。够味儿！"

"一个不可超越的身体……完全是现代诗的味道嘛！"

大家拿我的诗大开玩笑，而我对于这首诗的写作，却完全没有记忆了。除非我来回想我们那次公演《茶花女》的经过，我这小小女孩，怎么在当年也派上那么个角色！

一个炎热的下午，静静陪我到京畿道的艺术学院去。南沟沿是一条走大车的道路，干燥的夏日午后，我的白皮鞋蹚到土里去，马上就变成灰的，南沟沿拐过来就是京畿道，艺术学院到了。

是静静的嫂嫂介绍我俩来艺术学院，找一位戏剧系同学黎风先生。嫂嫂也是艺术学院的学生，她和黎风同系。这次他们要排一出话剧《茶花女》，里面还缺一位演员，嫂嫂大肚子了，不能参加演出，所以介绍我来。静静只是陪我来的。

我在小学里也偶然演演跳舞唱歌，但那只是"麻雀与小孩子""七姐妹游花园"之类的，进了中学以后，我还没上过阵呢！这次嫂嫂介绍我参演大学生的话剧，在我以为是不会成功的，因为我太小了，我怎么能在人家正式的公演里上阵呢！我虽然有些恐惧，却愿意尝试尝试，所以我就壮着胆子来了。

黎风先生早到了，他正在那间大空教室里等我们，也许不是专为等我们，因为那里也还有几个人在。黎风先生是个瘦个子，很有礼貌也善谈，浑身满嘴是戏。他很有派头儿地说：

"欢迎，欢迎，两位小妹妹。"

然后为我们介绍七零八落待在那里的每个人，张三和李四等等。

"阿丽丝（嫂嫂的洋名）跟我讲了，她说林小姐口才很好，很会演戏。"黎风说。

"哪里。"我真不好意思，我的口才好，只是常跟嫂嫂辩论一些无聊的小事，诸如珍妮·盖诺和阮玲玉的演技而已。"黎先生，我实在不会演戏的，没有经验。"

"不要叫我黎先生，我也是学生，叫我黎风好了。"黎风这时摆的姿势是这样的：他把右脚踏在课椅上，斜着身子，又把右手支在右膝盖上，两手手掌互握着，开始他的台词儿：

"莎士比亚说过：All the world's a stage, and all the man and the woman nearly player. 懂吗？意思就是说世界是一个大舞台，人人都是演员。我们所演的就是我们的生活。"

"那么，你们所缺少要我演的，是个什么角色呢？"我问。

"纳妮娜。"

"纳妮娜？她是茶花女的什么人？"我那时虽似懂不懂，但居然看过林琴南译的小仲马的《茶花女轶事》，反而还没读过刘半农译的《茶花女》剧本。那是因为家里有些林译小说。

"纳妮娜是茶花女的女仆。"

啊！我真失望，没演过话剧，一上来就演丫头戏！而这丫头我想当然不会像"晴雯撕扇""佳期拷红"那些戏里的丫头那么重要。我想得有点发呆，这时大概黎风看出来了，他又搓搓手掌说：

"固然，纳妮娜在原著里不是年轻的女仆，但这是无关紧要的，我们可以改成年轻的，台词也没有什么不合适。"

黎风还以为我怕演"老妈子"，所以改成"大丫头"，其实还不是一样使人不高兴。但是我又不好拒绝，我从小养成一种习惯，不反悔我曾答应过的事，无论怎么忍耐，我都要咬着牙完成它。因此这回我又咬了一下牙，好吧，就是那纳妮娜丫头吧！

"密斯林，纳妮娜的戏可也不少啊。只要有马格丽特就有纳妮娜。除了第四幕在赌场的以外，恐怕每幕都有你。"黎风说。

当然喽，我心想，既是马格丽特的贴身丫头，当然是跟前跟后的。但不知这位饰演马格丽特的是什么人。

黎风忽然想起什么，又喊在教室一旁的另外一个人过来，重作一番介绍：

"密斯林，这位是加斯东，马格丽特忠实的朋友。法学院的同学。"

他这样介绍，我并不太懂，所谓马格丽特的忠实的朋友，是指的剧本里，还是指的台下呢？我对于茶花女的人物，除了阿芒与马格丽特以外，全然不知。但是这位加斯东也说话了：

"阿芒，怎么不把你老子和你的情敌介绍给密斯林？"

这时我才知道黎风是扮演阿芒的，那就是男主角了，怪不得那么——做出那么潇洒的派头儿呢！而且似乎他对于安排这出话剧，也是主脑的人物。这时"老子"和"情敌"都过来了，他们都是戏剧系的同学。

丫头不丫头好像对于我没有什么太大关系了，因为他们都对我很友善，使我紧张的情绪松弛下来，我也可以随意谈谈了。但是他们都是拿我当作一个不懂事的小妹妹。我不懂的问题，他们都给我答复。他们问我的功课，问我怎样跟阿丽丝认识的，问我是不是能抽出时间来排戏，因为差不多都是在校生，所以都要在晚上排戏。

"在什么地方排呢？这里？"我问。因为我看这间教室是预备排戏用的，课桌课椅并不是整齐地排列着，东一堆，西一堆的。

"不，我们在导演俞教授家里。在后门那一带。"

"后门？"我很为难，那一带离我家太远了。但是黎风说，没有关系，他们是有车子送回家的。并且说，每个星期排演三天，十一月才公演，还有两个多月呢。

这对于我真是一个新奇的尝试，和许多大学生在一起演话剧，不要讲公演了，光是大家在一起排演的生活，也一定是很有趣。我喜欢人多，喜欢赶热闹，喜欢又说又笑的，这回可要使我大开心了。当我和静静告辞他们出来时，和我刚才进去时的紧张的情绪大不相同了。

我们又回到静静家去，向阿丽丝嫂嫂报告经过。

娇小玲珑的阿丽丝嫂嫂，正倚在床上养神呢，她挺着大肚子，穿着黑香云纱旗袍，跟黑蜘蛛似的！"黑蜘蛛"见我们回来，从床上爬起来了。她说：

"小妹，怎么啦？都说好了吧？"

"当丫头。"静静替我说了。

但是"黑蜘蛛"说："没关系，这是开始，我们戏剧系的学生，什么都要演的。你看，李珊演茶花女，那还是妓女呐！"

于是阿丽丝嫂嫂也开始向我宣讲戏剧原理了。我觉得很奇怪，像阿丽丝嫂嫂这样结了婚，已经有了一个孩子，现在又要生第二个孩子的人，怎么又做女学生呢？听说阿丽丝嫂嫂的父亲是东北的有钱人，特地送女儿到北京来读书。但她也没什么学校可上的，就随便选了个戏剧系，刚入学就认识了静静的哥哥，跟着就结婚生子，不知道到底读了几天书？演了几次戏？现在又对我开讲戏剧了，算了吧！

阿丽丝嫂嫂告诉我，演茶花女的女主角李珊，也已经结婚，并且是两个孩子的母亲了。

"怎么生了两个孩子还念书，嫂嫂，我真佩服你们。"我确实很佩服嫂嫂，以及这位"茶花女"。但是我常到静静家来，从来也没看过嫂嫂读书，她只是喜欢穿漂亮的衣服，和哥哥出去玩玩乐乐的，倒是谈到演戏，她足能唬我一气就是了。她表演起来，咬文嚼字地念台词，两只手的动作也特别加强，无论是悲哀或快乐，常常都要昂然地仰起头，伸出右手或双手同时伸出去，激动地喊"啊……"好像这是话剧里表演情绪时不可缺少的动作。但不知我在茶花女里的纳妮娜这丫头，是不是也要那么样地"啊……"呢？

啊……真的，我恨不能立时就有一本《茶花女》剧本在手头，我急于想知道它的内容。

从静静家出来以后，我就等不及地到琉璃厂的几家新书店，去找《茶花女》，果然在北新书局被我找到了。我的兴奋的心情，几乎是半跑半走地回家去。我家离琉璃厂很近，琉璃厂是我从念小学到现在每天必经的路，除了其中有几年曾搬到较远的地方去，但自父亲死后，我们又搬回了这一带来，这里给了我最亲切的感觉。琉璃厂只有一间较大的建筑，那就是商务印书馆，从启蒙到商务印书馆去买小学课本，到现在我到北新书局买《茶花女》，而且要上台演戏了，这是多么令人兴奋的事呢！

一回家，我就连饭也顾不得吃地躺到床上看《茶花女》，我念书总是这样一副懒骨头相。打开书，当然是先找纳妮娜的台词，看看纳妮娜到底要出场多少次，黎风不是讲五幕里我倒有四幕要出场吗？果然，我随便翻翻，总有纳妮娜出现在书上，比如：

"知道了，姑娘。"

"姑娘，要皮大衣么？"

"是，姑娘。"

"姑娘，有一位先生要请姑娘说话。"

"伯爵到。"

"再有五分钟就好了，姑娘。开在什么地方呢？在饭厅里么？"

属于我的这种台词，怎么能表演出阿丽丝嫂嫂那种伸出手"啊……"的激动之情呢？我有点失望，而且"伯爵到"该怎么个表演法呢？就像王妈吧，如果有什么伯母来找妈妈时，王妈在大门口就喊了："起来啵，太太，牌角儿全到喽！"王妈最没规矩，纳妮娜能像王妈那德行吗？

现在我正式地翻开第一幕，才知道一上场就有我，动作是"正在工作"，想必是擦桌子抹板凳的，然后有人叫门去开门。却没想到再翻过来，纳妮娜居然有了大篇谈论，是和一个名叫法维尔的对话，例如：

"笑话了！她所有一切的幸福，就全在这一个人身上。他是她的父亲，即使不完全是，也几乎是父亲了。"这总像个话剧词儿了，可以以话剧味儿表演出来，但是一个丫头片子怎么能讲出这么一派正经的词儿呢？

我觉得躺在床上只能看小说，却不能念台词，便从床上起来，站靠在书桌面前，拿腔拿调地念着我的台词，有时也试着念别人的台词。妹妹们站在玻璃窗外看着我在笑，母亲也笑骂我："在发疯！"

无论如何，它对于我，是一件新奇有趣的事，我想除了念书以外，我还有更多有趣的事想看、想做，因此，我便不能把书念得好些。

白米斜街是在鼓楼前大街一带的一条胡同，胡同不怎么宽，但是胡同里很有些大房子。后门这个地区，住着许多没落的旗人，那些大房子也许就是当年他们的府第，但是民国后都被他们廉价出卖了。俞教授在白米斜街的这所大宅子，听说就是前清的什么福晋的房子。宽敞的院落，带游廊的大四合房，院子地上墁着大方油砖。正厅是客厅，我们排戏就在这里。

我在洋车上摇了半个多钟头，才从我住的南城摇到北城来。对于北城的地理，只有个什刹海是比较熟悉的，还有偶尔随着家人到什刹海那里的会贤堂，参加朋友的婚礼。否则，一年也难得到这一带来一次。

当我第一天在俞教授家宽敞文雅的客厅里，见了和蔼可亲的俞教授夫妇和排戏的朋友们时，他们都待我好极了，他们都说：

"她是这里最小的小妹妹。"

另外有两位女角虽然也是中学生，但她们是高中女生，个子长得高，样子很帅。女主角李珊，也对我很好，另一个女配角，听说是燕大的女生，很阔气，架子也大些，丈夫总跟在身边。（又是一个结了婚的女学生！）

至于男角，黎风和什么加斯东，乔治老爸爸，我算是熟悉了，另外一些，还要待我慢慢去认明，他们也都是来自各大学，有一两个不是学生，年纪比较大一些。

我们开始排演只是先对台词，而无动作。瞧，一上场不就是我吗？第一场、第二场、第三场，我的吃力的台词来了。我不以为那翻译的文笔是顶适合演出的，有些地方不是普通话，有些地方太咬文嚼字。我怎么敢批评前辈作家？但是当我说："……现在我可以向你说的话，乃是我自己看见的事……"

说这句话的时候，我简直不知道怎么个"乃"法儿。还有："……是什么一回事……"

岂不是应当说："是怎么一回事"才对吗？

又比如别人的台词里，有像这样的话："你就是问到了也能有得什么好处呢？"

"马格丽特，你这种念头，只需有得一点，就马上可以……"

"得"字的用法，在这里仿佛是多余的，但是像这样的地方太多了。

排演的生活很有趣。无论背台词、表情，对于我所演的那个角色，都不是困难的事。但是俞教授却说，不要小看纳妮娜，她随侍茶花女身边，并非不重要，因为许多茶花女的朋友都和纳妮娜谈很正经的事，她也随时注意茶花女的身体和心情，为她应付那些客人。而且，俞教授夸赞我说："小林儿很能把握纳妮娜的性格，不错，不错！"我听了当然很高兴，因为我很轻松地演出了这个角色。大家也都喊我"小林儿"，这原是我在中学里同学对我的亲密的称呼。

至于另外的人们，李珊的茶花女和黎风的阿芒，当然是最吃力的了，一场戏，尤其是只有阿芒和茶花女单独对话的时候，总要三番两次地排演，做主角毕竟不简单呀！但是另外的人，却真有几个大笨蛋的，也需要一次又一次地重排，既然这样笨，这样没有演戏的才分，干吗还要演呢？这也就难怪为什么戏台上有一生都给人跑龙套的了！看了他们，我的人小心不小的心灵里，就会掠过一个念头：演戏不是一件很难的事，下次如果有机会，我可要演大一点的角色了。

俞教授家是个温暖的地方，碰到星期六或星期日，我们就提早在下午排戏，总会有些点心好吃的，没有戏的人，就可以在一旁聊聊天，下下棋，最苦的当然是阿芒和茶花女，因为总是有他们俩的戏，总是在那里排戏，而且俞教授也特别注意他们俩的戏，一丝也不肯放松的。

有一天，我们在排演第二幕后半场以后的戏，这是马格丽特和阿芒的重头戏，因为这是他们俩定情的戏，有许多你爱我、我爱你的词儿。第十二场下来以后，就没有别人的戏了。因此，饰演伯爵和饰演茶花女邻居的燕大阔小姐，都到饭厅那里去下棋了。只有我还留在一旁，因为在阿芒和马格丽特的大段谈情说爱之后，是由我来结束这一幕的。

李珊的戏演得非常好，那是谁都可以看得出的。这一场戏，她一个人留在房里等阿芒，于是她就半躺在那躺椅上，因为茶花女总是病恹恹的。我很喜欢听两人这大段台词，因此默默坐在屋角上留心观察和倾听，很有私淑之意。我手里也拿着剧本。

阿芒进来了，照剧本上的动作，是应当"就往马格丽特膝上坐下"，然后轻唤着："马格丽特……"当然，在我们中国是不兴作那样表演的，所以就改成阿芒进来就坐到贴近躺椅旁的一个小矮凳子上，开始了他们之间的一场先辩后爱的戏。

这两人的对白，有时他忘了词，有时她忘了词，有时导演又认为应当改变动作。有一个地方马格丽特神情凄苦地说了一大段怨哀的话，然后阿芒用手抚着马格丽特的胸前说："马格丽特，你疯了！我爱你！……"但是这处地方的表演，不能得到导演的满意，我们总不能把"我爱你"说得像西洋人那么自然，所以戏就三番两次地在重排。而放在马格丽特胸前的那只安抚的手，竟停在那里不动了，在等着导演的命令。

俞教授并没有注意他们，因为他在专心地看着剧本，考虑怎样地修改。我可在注意他们了，黎风有意把手停在李珊的胸前，但是那样子，就仿佛是导演在这个姿势下叫停的，所以他一时不能改动姿势，必须等待。这样支持了有那么一会儿，李珊忽然感觉到了，但是她并没有生气，反倒斜睨着他，娇嗔地说："拿开！"黎风这才嬉皮笑脸地撤开了他的手。

这一幕戏外的戏，被我看到了，觉得很不舒服，因为我一下子就想到，李珊是两个孩子的母亲，现在演着爱情戏，竟演到这种样子。她的丈夫是什么人呢？她的孩子是什么样子？为什么他们从来不来参观她排戏呢？像燕大小姐的那位丈夫，不是天天随侍左右吗？

好了，真戏过去了，假戏又开始了。俞教授要他们俩再来一次，于是阿芒说话了：

"我要你饶恕我！"

马格丽特说：

"你不能得到我的饶恕！"

在马格丽特这句话的下面，剧本上括号里的说明是"阿芒有相当的动作与表情"，这相当的动作与表情，俞教授告诉黎风说，要表现出痛苦、悔恨。而得不到饶恕后的激动的动作，便是握拳按于自己的胸前，略为摇晃着上身，而满面祈求原谅地望着马格丽特。黎风许多次都表演不好，我觉得真奇怪，怎么把手抚在李珊的胸前，就表演得那么认真，而按着自己的胸前，就弄不好了呢？

这"相当的动作和表情"挨了许多次才完成了。继续的台词就是他们之间的什么"我的心膨胀着全找不着个安慰之处，因此我们就只有一味地忧郁了"，什么"你是我堕落在烦扰的孤寂的深处所要呼唤的一个人"，这种大长串的洋句子和不够口语的译文。但是它是话剧，多少年来，话剧已经给我们中国的语言形成另一个形式了。所以，凡是话剧，说话就是那么个味儿，日久天长，也就见怪不怪了！

大堆头的这样的对话与相当动作的表情之后，我跟在阿芒那句"你是天仙，我爱你！"便出现了，纳妮娜的叫门和一声"姑娘，有人送来一封信"结束了第二幕的一切。

天真的我，到现在才发现黎风和李珊戏外的戏。使我第一次感觉到这种场合，是极容易产生感情的，也就是所谓的假戏真做。那么它是否不适合已经结过婚的人呢？怪不得那些电影明星都那么容易离婚、恋爱什么的。也怪不得燕大小姐的丈夫要跟着她，而李珊的丈夫从不出现。

这时已经是深秋了，每逢排戏的日子，下课回家赶快吃完晚饭便出发到俞教授家。洋车进了和平门，再穿过南池子、北池子，直奔后门。常常是，出家门时天已薄暮，一路在洋车上摇晃着，背着我的台词，看着马路两旁的落叶，被秋风吹了在地上滑走的声音，不知怎么，心中有异样的感觉。到俞教授家，往往天已经全黑了，大厅里灯光辉煌，人影晃动。和这些大哥哥大姐姐们在一起，我看到的，领悟到的，在戏以外，也不少。

让我再来回忆燕大小姐。实在，她是冯小姐，或者是张太太。从她日常的穿戴可以知道，她的生活环境是不错的，张先生也很体贴她。她瘦瘦高高，没有什么了不得的美，只是优渥的环境，打扮更显得高贵些罢了。她不像其他的学生，她缺少北京女学生的朴素的味道，反而像是个阔少奶奶。她来了，每次都换了不同样的讲究衣服，和俞教授谈着仿佛高人一等的那些事情。但是她也很热心，当我们排演得差不多的时候，该准备服装道具了，更显出她的热心与大方。要知道这虽然是卖票公演的话剧，但毕竟不是纯商业性质的，所以衣服能借的就借了。

我们是男角穿西装，女角穿旗袍。五个女角一律是拖地长旗袍，除了李珊新制了两件以外，我们的衣服大半是由冯小姐借来的，而且大半是她自己的，她乐于借给人，也正可以表现出她的阔绰。

按说，我只是茶花女的一个女仆，是不必穿得讲究的，但是冯小姐也给我弄来了一件漂亮的拖地绿色长丝绒旗袍，而且还滚着银边。冯小姐所饰演的普吕当丝，是茶花女的邻居，一个多嘴多事的胖太太，常常跟茶花女借钱。但是冯小姐既不胖，也不穷，她在五女角中打扮得最漂亮，衣饰之高贵超过了茶花女。在排演的时候，她已经准备好了她的新装，一件件摆给我们看。

她来了，总是珠光宝气，给我的威胁不大，反正我是小女孩，无论在戏里戏外，都是无足轻重的，而且年龄的距离，也不是大家的对象，大家反而对我特别好，小小的我，在这里倒是站在超然的地位，多么有趣。

给李珊的威胁当然最大，李珊的家庭环境好像也不太坏，但是比起冯小姐是略逊一筹的，一切的妒忌，总是产生在相差最近的双方之间，所以李珊和冯小姐有点顶牛儿！

李珊唯一能顶得过冯小姐的，就是她是主角，戏演得好。冯小姐呢？她拿物质吓人。我看得出她们之间的痕迹，但是我不明白为什么要这么对立？也许这和我在学校的功课一样，那个功课最好的同学，我倒不在乎，一点也不妒忌她，反而是考试跟我不相上下分数的，给我的别扭最大。

正在我们准备服装道具，距离公演不远的时候，有一天，黎风忽然来到我家。这真是一件突然的事，我们三天两头在俞教授家见面，他有什么事必得到我家来找我呢？他很自然地说：

"我今天到你附近住的一个朋友家，顺便来看看你。"

"咱们今天不是要对最后一幕戏吗？"我说。

"是的，我们一起去吧？"他问我。

"可以。"我说完了，忽然想，现在是快要吃晚饭的时候了，我要不要留他吃晚饭呢？当然要。所以我又加上一句："那么请在我们家吃了便饭再去吧！"

"好呀！"他斜着头，做得很自然，透着跟我很熟的样子。于是他问："伯母呢？我还没见过。"

我说妈妈刚好被人请去吃晚饭了。他就和我们姐弟几个一桌吃，这样更自然了，他有时也逗逗小妹妹、小弟弟。

我还要说，他虽然做得一副舞台明星的派头儿，但是他的穿着是相当穷酸的，而且我知道他的服装道具，都要俞教授给他张罗着各处借，阿芒总该穿得漂亮些。

在饭桌上，我们闲聊着演戏的事，他很称赞我：

"小林儿，你实在是有演戏的天分，我们希望你有机会参加我们下个戏。"

"我觉得我演得普通而已。"

"不然，你的戏并不简单。俞教授也常在称赞你。最要紧的是，我们要有演员的气质。"

"什么气质？"我不懂什么气质，我反正就是那一副样子。同学们常常称我"小机灵鬼"，小机灵鬼还有什么气质吗？

"你肯虚心地接受指导，更求进步，这就是气质。比如你看普吕当丝吧……"他是指冯小姐了。

"普吕当丝怎么样？"我问。

他耸了个肩，眉毛眼睛一挑，一派洋气质！他说：

"不是为艺术而艺术。"

"那是为什么呢？"谁又为艺术而艺术呢？我连这句话都不太懂，难道我是为艺术而艺术？说实话，我是为好玩、好奇，这是我从小就有的毛病。在我来说，英文月考没考好，反而把台词背得滚瓜烂熟的，这是我的"毛病"，谈不到"艺术"咧！

"她是为表现物质而来的。"黎风说。这话倒是有几分道理，但是我以为冯小姐也有她的好处，她为大家的服装尽了最大的努力，这在团体生活中，不是"气质"吗？但是黎风又说了：

"我看普吕当丝跟你也很谈得来，她有跟你谈到什么吗？"

"什么谈到什么？"我不懂。

"比如，有没有谈到我们，或者批评些什么。"

"我们是谁呀？"我好像在追根刨底，其实不是，话不说明白，我就不懂，我不懂就不能做肯定的回答。

黎风又耸耸肩，说：

"有没有谈到我和李珊，或者尼希脱和朱斯打夫？"

我猜想到"我们"是指他和李珊的，但是怎么又多出什么尼希脱和朱斯打夫来啦！这两个人在《茶花女》剧中是一对情人，难道在台下……？对了，每次总是他俩一道来的，我怎么这么天真，就不会往那上面想？但是如果今天晚上我和黎风一道去的话，人家会说什么吗？不会，我是那么小，那些事还轮不到我呢！但是我要回答黎风的问话，我说：

"没有，从来没说过什么。"

黎风也的确是过虑，这正应和了那句老话，"如要人不知，除非己莫为"呀！冯小姐跟我这小女孩讲这些干什么呢？不过冯小姐和别人谈起他们俩的时候，确是有那么一个表情——撇嘴。什么话不说，一撇嘴，就尽在不言中了。但是她从来没在我面前"撇"过他们，也许她觉得我太小，也许她怕我小孩子不懂事会告诉他们。不过，黎风以为冯小姐会说他们什么呢？

吃过晚饭，我们便出发到俞教授家去，无非是坐在洋车上摇吧，他一辆，我一辆，老头儿车摇到后门，天黑得很了，又很冷。黎风连件大衣都不衬！只有竖起西装的后领，缩着脖子，可是还在洋车上跟我谈了一路的戏剧理论，并且一再的，要我参加他们的下一个戏，仿佛戏剧前途非常远大、可观。

当我和黎风到达的时候，俞教授家温暖的客厅里已经来了一些人。冯小姐和她的丈夫已经到了，像这样冷的天气，冯小姐坐洋车就有一条自备的俄国毡子，她的张先生也提着一些为了显示给大家看的东西，比如几件明明我们都不可能穿着合适的旗袍什么的，总是这样拿来拿去的，真也不嫌麻烦。李珊也来了，客气地夸赞着冯小姐所带来的衣服。

俞太太煮了一些咖啡，分给我们喝。正在这时，尼希脱和朱斯打夫进来了，我这才注意，他们并不避讳他们同来的事实，显得那么自然，他总是揽着她的腰，为她拿大衣，眼睛总是脉脉含情地盯着她，十足一副护花使者的姿态，肉麻死了！

再接着，那个扮演男客加斯东和女客欧莱伯的同时进来了，似乎他们俩也带着那种味道，已经交上了朋友的那种味道。我现在变得敏感起来了，以前我不太注意这些事。

因为天气冷了，排戏完毕太晚了，为了女生的关系，我们回家就叫汽车分别送。我和尼希脱和朱斯打夫，还有乔治老爸爸是一路的，所以我们合乘一辆车。乔治老爸爸很近，先下车，然后顺路应当是尼希脱，但是他们都是先送我，说得好听是爱护我，其实还不是爱护他们自己！当只剩我们三个人的时候，我真别扭，他们俩已经到了难舍难分的地步，有个机会他就得靠近她，揽着她的腰。就说在排戏休息的当儿吧，她如果坐在沙发上，他就得坐到沙发扶手上，手搭在她的肩上，老是像在照相馆里拍婚照的姿势。我在车里总是避免我的眼睛接触他们，我直盯着司机的后脑勺。只听见他小声地跟她说话，那样小的声音并不是怕我听见，而是因为他们正"情话喁喁"呀！

这时我已经听说朱斯打夫是结过婚的，但是他的太太并不在北京，而且尼希脱原来也有男朋友的，我简直不懂，像演话剧这件事，究竟是好是不好呢？

公演前，要对外宣传了，所以我们到照相馆拍了一些照片，五位女角全体出席，男角只有阿芒和朱斯打夫去了，这就是舞台或银幕的男女不同之处吧？女人总是重要些的。就在我们预演那天，画刊上出了一个专页，第一次向外介绍演员，在介绍纳妮娜的那一条下面写着：

"纳妮娜——她是马格丽特忠实的仆人，林英子女士饰，她是一个活泼的小孩，北京话说得十分流利。"

那一次的特刊，非常轰动，同学们都知道了，原来很喜欢我的英文老师，也知道为什么我的月考考得那么糟了！

预演那天不售票，招待的都是戏剧界人士、各大学教授、同学什么的。演一幕，批评一幕，又拍戏照。大家的意见不少。这样演完，已经很晚了。

协和医院礼堂是个只有三百多座位的精致的舞台，高尚的戏剧和音乐会才在这里演出，我有幸登上这个舞台，心中自是十分高兴。没有我的戏的时候，我就从前台幕缝偷偷向台下看，看有什么认识的人，我看见几家大学的出名的校花、皇后，都来看了，更是开心，我一直就喜欢看美丽的女人。

更使我兴奋的是，在预演闭幕后，居然有两位大学校花到后台来找"活泼的小女孩"纳妮娜，一位大学教授也说纳妮娜演得很好，结果是除了茶花女之外，似乎我是最受人夸赞的演员了。我高兴得立刻觉得自己重要起来，无论如何，我是有点好名的虚荣心的。

正式公演期到了，似乎我在这里是个最轻松的人物，因为在正戏之外，我没有别的戏了，不像黎风和李珊，像尼希脱和朱斯打夫，像加斯东和欧莱伯那样，以及冯小姐，还是每天都在忙她不同的衣服。

第一天，当第二幕开始时，是在茶花女的梳妆室，我在走来走去收拾屋子，没有台词，这时应当是普吕当丝进来，和茶花女有大段的谈话。但是幕开了一会儿，普吕当丝没有出场，眼看我和茶花女冷在台上了，茶花女焦急地在梳妆台旁用小锉刀在磨指甲。不知怎么，我灵机一动，就很自然地走到梳妆台前茶花女的身旁，看了她的手一眼，然后说：

"姑娘，这套修指甲刀，是……是公爵送你的吗？"

茶花女也很自然地回答说：

"是的，他总是关怀着我，不会拒绝我的要求的。"

"非常的讲究啊！而且公爵送你的总不是普普通通的。"我又造了这几句。

但是普吕当丝还没有出场，真是奇怪，我不得不再造台词了，我说：

"姑娘，怎么普吕当丝太太还没有回来？"

"是呀，我也奇怪，她早该回来了呢？"

这时，冯小姐总算出场了，她又换了一件漂亮的衣服，不合她所演角色的衣服。看见她进来，茶花女这才开始了原来该有的台词：

"啊，我的好朋友，晚安！你见着公爵了没有？"

这一场戏演到茶花女叫我去开门，我才下场到后台，焦急的导演俞教授，一下子握住了我的瘦小的肩头，他激动地说：

"啊！我的小纳妮娜，你太好了，太好了，能够一点痕迹没有地加了这几句话，挽救了这危险的误场。"

后来，李珊下场回到后台来，也紧握了一下我的手，并吻着我的面颊说：

"可爱的小妹妹！"她是当着冯小姐这样吻我并且对我说的，当然，我知道她的意思是什么。

冯小姐误场，原来是她在后台等着张先生给她取那件新衣服；左等右等，不知道前台已经到了该她上场的时间。协和礼堂的化妆室在后台的下面，有如地下室，所以一定要自己注意时间的。

我并没有以为我随便加上的那几句话，是有什么重要，对于我来说，也不是什么困难的事，但经俞教授和李珊以及其他人的赞美，它竟变得重要了，而且，我也变得重要起来了。

全剧似乎没有什么可挑剔的地方，只是到了最后一幕的最后一场，茶花女要死了，有五、六个人围着她。马格丽特说：

"我已没有痛苦了，好像我的生命，已回复到我身体中来了。我觉得我从来没有这样的舒服……可是我活着，我觉得我很好过！"

然后的动作是"坐下，做瞌睡状"。这时是加斯东应当接着说：

"她睡着了！"

这句话一说出去，台下竟哄堂大笑起来，它破坏了悲惨的气氛！因为这时人人都知道茶花女是死定了，并不是睡觉，怎么居然有这么个大傻子还说"她睡着了"这种话呢？这是一个世界名剧本，不知道外国人上演的时候，到了这地方说这么一句话时，台下的情绪是怎么样的？还是我们的加斯东看起来特别傻气，才引致这样的哄笑呢？但是在排演的时候，我们倒从没有不对碴儿的感觉。

然而在加斯东说了这句话以后，只有阿芒、朱斯打夫、尼希脱三人每人有短短一两句话，这五幕悲剧就闭幕了。所以，在这情形下，加斯东那句话，势必要考虑了。后来还是由俞教授修改了，就是加斯东不说"她睡觉了"，而是只要怀疑地说："啊……她……"就可以了。这样一来，第二天，第三天就没有发生那突然哄堂大笑的情形了。

这一出《茶花女》，排演了两个月，才公演了三天。总算赢得了许多赞美。话剧是从中学到大学为青年学生所喜爱的，欢送毕业、学校校庆，在土风舞之外的最重的节目了。这虽然是以艺术学院为领衔的话剧公演，但是演员却大多来自其他各大中学。三天公演后，有一次慰劳的宴会，同时也是惜别之宴，因为自此以后，我们要各自回到自己的学校，也不可能再有机会仍是这些人聚合在一起了。

我穿了一件半长的黑底红花的旗袍，头上斜戴着一顶米色法国帽，出席这个宴会。大家都彼此叫着剧中人的名字，因此大家见小小的我进来了，便叫着：

"纳妮娜，来这一桌，参加我们这一桌。"

席开三桌，因为还邀请了一些演出的关系人。我被拉到一个桌上坐下了。大家吃着，说笑着，非常融洽和快乐。彼此敬着酒，这桌的人跑到那桌，那桌的人跑到这桌。大家又都跑去向俞教授和俞太太敬酒，表示对他们的感谢与敬佩。敬酒的事，我不太会，但是这时不知谁对我说：

"纳妮娜，向俞教授与俞太太敬酒吧，他们要收你做干女儿呐！"

我害羞腼腆，但是俞教授和俞太太却向我笑眯眯地举着酒杯站起来了，我也就不得不举着酒杯走过去，向他们敬了酒，俞太太笑着说：

"愿不愿意给我做干女儿呢？"

"当然愿意。"

大家也在一旁助阵起哄，终于迫得我开口叫了一声"干爹，干妈"。

这时负责宣传方面工作的朱斯打夫也向大家宣布某画刊要再出一次演后的专页，因此他指定要几个人写一点稿子，他知道我喜爱文艺，并且也曾读到我在一个大学刊物上投稿的新诗《大街上》，所以他要我写一首诗，代替那"演后感想"之类的文字。

《献给茶花女》便是在那情形下完成的了。

在那以后，我并没有再参加黎风的所谓"下一个戏"，事实上，也并没有那个"下一个戏"，因为我听说他和李珊之间，有不太好的演变。

而且，在我的记忆中，自那以后，我没有再见过俞教授和俞太太几次。其他人的消息，也是一个都不知道了。一场戏，就像一桌筵席，过去就过去了。但是它值得给我记忆的，是因为那是第一次，以我个人去体验一个从没有过的生活，在这以前，我只是家庭与学校间的女孩子。它使我无形中学到了一些怎样与人接触，并且观察了一些人物的类型。这是我第一次接触社交生活，并且第一次，我的名字在报纸上显露出来。而且最主要的，使我感觉到话剧界的人，是多么容易发生恋爱的事件啊！

难忘的两座桥

走天桥

　　这座名叫"天桥"的桥，是六十多年前，我七八岁的时候，开始看见它的。它在我的母校北京师范大学附属小学的后操场边上。它的形状是这样的：

　　桥面约三码长，宽度约十英寸，厚度约十英寸，两边斜坡。整座桥全部都是木制，很结实。我们去走的时候，就叫作"走天桥"。下了课，同学们都喜欢到后操场去走天桥，是运动，也是趣味。由这一边爬走上去，两手扳着斜坡，弯着腰，撅着屁股一步步朝上走。虽很吃力，但很兴奋。上了桥面，可就要小心，因为要脚尖顶着前面脚跟，一步步小心翼翼地，两手有时要张开维持平衡的姿态，好像走钢索一样！

　　走完这条约三码长的桥面（中间要注意，可别掉下桥去呀！），该下坡了，又是一阵紧张，比上坡可麻烦喽！因为下坡，大家都知道，可不是撅着屁股爬行，而是直着身子，挺胸，腆着肚子朝下走啊！脖子一动也不能动，架着你的脑袋，眼球不能左右乱看。

有一点还得知道，这木桥无论哪一面，都是平光的，虽不滑，但也不是很平稳。就这么挺胸腆肚子走下去，最后一步跳到地面上，算完成了这一趟"走天桥"。快乐地大喊一声，是成功了一件大事！

这种光面的爬行，是一种本事，它训练你胆大、心细、只许前进、不许退缩。所以"走天桥"，在我自小的心目中，永难忘怀。每逢走"它"，我都带着兴奋的心情。"要努力啊！"我告诉自己，"要走完啊！"我鼓励自己。"走完天桥"的心意，就这么自小到大养成了。

数十年后，我重踏第二故乡北京，再返母校找寻我的"桥"。桥不见了，很失望，不知何年何月给拆掉了。

我不知道有多少老同学老朋友还记得我的桥，但是没关系，它永存于我心中，给我的影响是今生今世，永久永久。

宽敞美丽的十七孔桥

从小到大，每年到颐和园做春假旅行是必然的事。那么广大（占地二百九十公顷）的皇家园林，里面有看不尽的自然的或人工的景致，是清末慈禧太后花费了海军军费三千万两雪白银子的款项修建的。这个中国最完美的皇家园林，虽然她自己享受了，但还是供给更多后世的人，无尽的享用！

春假时节，从北京到颐和园的游春者，真是络绎于途，出了西直门，车呀，牲口呀，徒步的人呀，尘土飞扬的情景忘不了。我头上包着一块头纱，玩够了回家，还是满鼻孔的黄土。想当年，北京可真是"无风三尺土"，一点儿也不错啊！

到了颐和园，门口是两尊石狮子，雕刻的坐姿别提多美了。进了门就看见昆明湖的大湖面，向右看，是万寿山。我们总是先向左转，经过"耶律楚材墓"，向前走，就是铜牛。越过造型优美的十七孔桥，接连了昆明湖和万寿山，我只熟悉万寿山上高高的排云殿，一步步向上走去，许多这个殿，那个阁的，我可就背不出来了。

从万寿山朝广大的昆明湖望下去，十七孔桥历历在目，它是多么美啊！无论日出、日落，十七孔桥总是在晨曦的阳光中或月色朦胧中，安安稳稳地架在湖面上。它接连了湖与岸，游客走上排云殿，不免停驻阶梯上，回头望湖面，那白玉石栏杆的十七孔桥，像一道彩虹，跨在庙、亭之间。

如果你漫步在桥上，从桥栏向湖水望去，碧波荡漾中是天光云影。这十七孔桥，桥长一百五十公尺，宽八公尺，共有十七个桥洞，桥栏杆上雕有石狮五百多只，不同的姿态，造型非常美，无论大人、小孩、游客，都不由得要伸手去勾一勾、摸一摸。

到了夏天，昆明湖面上布满了游艇，堤岸上柳荫处处，散步在堤岸上，是无限的夏意之美。

我们知道颐和园是皇家用了该建海军的白花花的几千万两银子，但却不知道谁是那筑园的工程师，历史上没有记载，是无名英雄啊！

如今十七孔桥，以及占地两百九十公顷的皇家园林，几百年下来，还是那么美丽地存在着。如果去北京旅行，可别忘了到颐和园走游一天，别忘记走一走我的十七孔桥，数一数桥栏杆上的石雕狮子啊！

骑毛驴儿逛白云观

　　很久不去想北京了，因为回忆的味道有时很苦。我的朋友琦君却说："如果不教我回忆，我宁可放下这支笔！"因此编辑先生就趁机打劫，各处拉人写回忆稿。她知道我在北京住的时候，年年正月要骑毛驴儿逛一趟白云观，就以此为题，让我写写白云观。

　　白云观事实上没有什么可逛的，我每年去的主要目的是过过骑毛驴儿的瘾。在北京常见的动物里，小毛驴儿和骆驼，是使我最有好感的。北方的乡下人，无论男女都会骑驴，因为它是主要的交通工具。我弟弟的奶妈的丈夫，年年骑了小毛驴儿来我家，给我们带了他乡下的名产醉枣来，换了奶妈这一年的工钱回去。我的弟弟在奶妈的抚育下一年年地长大了，奶妈却在这些年里连续失去了她自己的一儿一女。她最后终于骑着小毛驴儿被丈夫接回乡下去了，所以我想起小毛驴儿，总会想起那些没有消息的故人。

　　骑毛驴儿上白云观也许是比较有趣的回忆，让我先说说白云观是个什么地方。

　　白云观是个道教的庙宇，在北京西便门外二十里的地方。白云观的建筑据说在元太祖时代就有，那时叫太极宫，后来改名长春宫，里面供了一位邱真人塑像，他的号就叫长春子。这位真人据说很有道行，无论有关政治，或日常生活各方面，曾给元太祖很多很好的意见。那时元太祖正在征西，天天打仗，他就对元太祖说，想要统一天下，是不能以杀人为手段的。元太祖问他治国的方法，他说要以敬天爱民为本。又问他长生的方法，他说以清心寡欲为最要紧。元太祖听了很高兴，赐号"神仙"，封为"太宗师"，请他住在太极宫里，掌管天下的道教。据说他活到八十岁才成仙而去。在白云观里，邱真人的像是白皙无髭眉的。

　　现在再说说我怎么骑小驴儿逛白云观。

　　白云观随时可去，但是不到大年下，谁也不去赶热闹。到了正月，北京的宣武门脸儿，就聚集了许多赶小毛驴儿的乡下人。毛驴儿这时也过新年，它的主人把它打扮得脖子上挂一串铃子，两只驴耳朵上套着彩色的装饰，驴背上铺着厚厚的垫子，挂着脚镫子。技术好的客人，专挑那调皮的小驴儿，跑起来才够刺激。我虽然也喜欢一点刺激，但是我的骑术不佳，所以总是挑老实的骑。同时不肯让驴儿撒开地跑，还要驴夫紧跟着我。

小驴儿再老实，也有它的好胜心，看见同伴们都飞奔而去，它也不肯落后，于是它开始在后面快步跑。我起初还拉着缰绳，"得得得"地乱喊一阵，好像很神气。渐渐的不安于鞍，不由得叫喊起来。虽然赶脚的安慰我说："您放心，它跑得再稳不过。"但还是要他帮着把驴拉着。碰上了我这样的客人，连驴夫都觉得没光彩，因为他失去了表演快驴的机会。

到了白云观，付了驴夫钱，便随着逛庙的人潮往里走。白云观，当年也许香火兴旺过，但是到了几百年后，虽然名气很大，但是建筑已经很旧，谈不上庄严壮丽了。在那大门的石墙上，刻着一个小猴儿，进去的游客，都要用手去摸一摸那石猴儿，据说是为新正的吉利。那石猴儿被千千万万人摸过，黑脏油亮，不知藏了多少细菌，真够恶心的！

进了大门的院子，要经过一道小石桥，白云观的精华，就全在这座石桥洞里了。原来下面桥洞里盘腿坐着一位纹风不动的老道，面前挂着一个数尺直径的大制钱，钱的方洞中间再悬一个铜铃。游客用当时通用的铜币向铜铃扔打，说是如果打中了会交好运，这叫作"打金钱眼"。但是你打中的机会，是太少太少了。所以只听见铜子儿叮叮当当纷纷落在桥底。老道的这种敛钱的方法，也真够巧妙的了。

打完金钱眼，再向里走，院子里有各式各样的地摊儿，最多的是"套圈儿"，这个游戏像打金钱眼一样，一个个藤圈儿扔出去，什么也套不着，白花钱。最实惠的还是到小食摊儿上去吃点儿什么。灌肠、油茶，都是热食物，骑驴吸了一肚子凉风，吃点热东西最舒服。

最后是到后面小院子里的老人堂去参观，几间房里的炕上，盘腿坐着几位七老八十的老道。旁边另有仿佛今天我们观光术语说的"导游"的老道，在报着他们的岁数，八十四，九十六，一百零二，游客听了肃然起敬，有当场掏出敬老金的。这似乎是告诉游人，信了道教就会长生，但是看见他们奄奄一息的样子，又使人感到生趣索然了。

白云观庙会在正月十八"会神仙"的节目完了以后，就明年见了。"神仙"怎么个会法，因为我只骑过毛驴儿而没会过神仙，所以也就无从说起了！

我的京味儿回忆录

故居何处？

自从开放到大陆探亲以后，亲友见了我，都会问我，是否要到大陆去探访亲友故旧和故居，我笑笑摇摇头，谢谢他们的关心，我告诉他们，一时尚无此打算。十年以来，已经辗转和大陆亲友通了信，近二三年更在香港和我唯一留在大陆的三妹母女及外子承楹的幺妹、妹夫见过面，也时常通信。在美国的晚辈——儿子、媳妇、女婿、侄子也都去过大陆，见过家人了，每个家人亲友的状况大概知道，也就不忙在一时去相见。至于地方，我常笑对此地的亲友说："北京连城墙都没了，我回去看什么？"正如吾友侯榕生十年前返大陆探亲，回来写的文章中一句我记得最清楚、也颇同感的话，她说："我的城墙呢？"短短五个字，我读了差点儿哭出来。

但是近来却因这个热门儿话题，使得北京的景色、童年、人物扑面而来，环绕着我，不知回忆哪一桩好了。过去的写作，无论小说、散文的内容，也无论文字的运用，总是"京味儿"的居多，在那儿住了二十六年了嘛！这次正要把这一类的作品——尚未结集的，出一本专集，想着还有许多记忆深刻的没有记出来，就打算再写一次打总儿的，但是从何说起呢？我的晚辈以及在大陆的亲友，曾经把我住过的街道、故居、我的母校等拍了照片寄给我，虽然有的已经无从确认，却也给了我许多回忆。有一位表弟读到我作品中所写到的街道、商号等，竟去寻找拍了照片寄给我看，真使我既感谢又感动。那么我何不就按我在北京所居住过的顺序：珠市口——椿树上二条——新帘子胡同——虎坊桥——西交民巷——梁家园——南柳巷——永光寺街——南长街，以杂忆方式记录下来呢！

珠市口

一九二二年父亲在北京安顿好了他的职业，便回台湾来接母亲和我到北京，那时我五岁，穿着小和服。当时暂住西珠市口的谦安客栈，这种客栈可久居、暂居，可单身或携眷。珠市口分东西，以正阳门大街为界，是当时很繁华热闹的市区。北京城方方正正，城分内外，一切繁华都在正阳门以南的外城，所以饭店、戏院、大商号、八大胡同妓院都在前门（即正阳门）外一带。

我们所暂住的谦安客栈，旁边就是北京著名的第一舞台，我赶上看一次北京的大义务戏，什么都不记得，只记得有一童伶武生李万春。在台湾跟他的小弟弟李环春谈起来，环春说："您看我大哥戏的时候，我还不知道在哪儿呢！"意思就是说，他还没出生呢！

从谦安客栈向西走下去，就是虎坊桥、骡马市，是南城的热闹大街。珠市口向南去，离城南游艺园、天桥、天坛等地不远，附近则是八大胡同——妓院的集中地，白天冷冷清清，华灯初上，每家妓院照得像白昼一样，妓女的名牌都挂出来，镜框里用彩色小灯泡缀着黛玉、绿珠、翠环等花名。这时全城已静，只有八大胡同门前是车水马龙，停满了点着四个倍儿亮车灯的自用洋车，那都是当时北洋政府时代的达官显要所有。高级的妓院叫"清吟小班"，大都是苏州人；"二等茶室"则是北地胭脂了。

椿树上二条

在谦安客栈暂住不久，就搬到椿树上二条了。这是我在北京生长、生活起步的第一个家。其实这是永春会馆的后进，正门在椿树上头条，这里另开一个后门出入，中间隔着一个大院子，院子里有一棵槐树，到了夏天槐树开花，唧鸟（蝉）叫，树上挂吊下来许多像蚕一样的槐树虫，俗称吊死鬼，淡绿色像槐树花一样的颜色。它是我的第一种大自然玩具。我常预备一个玻璃瓶，一双筷子，把吊死鬼夹下来，放进瓶子里观赏。看那蠕动的一群，实在肉麻，不知为什么我们小孩子会喜欢这样的玩意儿？

在椿树上二条，开始了我成为一个北京小姑娘的生活，我开始穿着打了皮头儿的布鞋，开始穿袜子，开始喝豆汁儿，开始吃涮羊肉（都是我母亲捏着鼻子，一辈子不曾入口的），也开始上师大附小一年级，接受全盘的中国新教育了。

当然，父亲也开始严格地管教我，不许我迟到，不许我坐洋车上学。清晨起来，母亲给我扎紧了狗尾巴一般的小黄辫子，斜背着黄色布制上面有"书包"二字的书包，走出家门。胡同里有小黑狗紧追我两步，老怕它咬我脚后跟。走出椿树上二条，穿过横胡同，走一段鹿犄角胡同，到了西琉璃厂，首先看见的就是羊肉床子大宰活羊血淋淋地倒在门口，心惊肉跳地闪避着走过去，到了厂甸向北拐，走一段就是师大的附小了。在晨曦中我感觉快乐、温暖，但是第一次父亲让我自己走去学校，我是多么害怕。我知道必须努力地走下去，这是父亲给我的人生第一个教育，事事要学着"自个儿"做。

在椿树上二条，母亲又给我带来了三妹燕珠和弟弟燕生，弟弟的来到，是林家的喜事，因为我有两位异母姐姐和二妹留在台湾，这时我父亲已有五个女儿，这弟弟来到人间是很重要的。凡是我母亲在北京生的孩子，名字上都有一个"燕"字。

我在《城南旧事》写作中重要的人物——宋妈，也在弟弟出生后来做他的奶妈。

那时候家中的日常用品，常常都是到下斜街的土地庙去买，庙会的日子好像是逢三吧。我随母亲、宋妈去土地庙，她们买家用品，扫帚、畚箕什么的，我就吃灌肠、扒糕（至今想起那食物还要流口水），不然就是玩那永远连个小泥狗都套不着的套圈儿游戏。

这时家中已由三口变成六口，椿树上二条一溜三间的房子，似乎不够住了，父亲就托送信的邮差给找房子，因为父亲这时已经在北京邮政总局工作了。在这以前，他是在日本人办的日文报纸《京津日日新闻》工作。

新帘子胡同

　　新帘子胡同是在内城，刚搬去的时候，我到厂甸上学，必须沿着顺城街走出顺治门（也叫宣武门），再走西河沿到学校，这时路途远，不能走路上学了，于是就包了洋车每天接送我。但是过不久，正阳门和宣武门之间开了一个新城门，那就是最早叫兴华门，后来叫和平门的。城墙虽然还没开好，不过人是可以走路通过的，这给了我一个大乐趣，每天上学走过拆城墙所堆积的城砖土堆，崎岖不平地走来跳去，有一种小心选择及完成的不畏艰难感吧！我喜欢每天走出所居住的和平门里新帘子胡同，走一段大街，穿过和平门，就到了南新华街的学校，再也不要坐洋车绕宣武门了。

　　新帘子胡同的家因为在胡同尽头，又是个死胡同，所以很安静，每天在我放学后撂下书包，就跟宋妈带着弟弟妹妹到大街上看热闹。或者在我放学回来时，宋妈和弟、妹已经站在门口儿"卖呆儿"等着我了。

　　宋妈在门口儿，都是拿了小板凳，并不是人家描写北京大姑娘站在门口儿"卖呆儿"的那种样子。小板凳不止一个，因为弟弟、妹妹也要坐，宋妈教弟弟妹妹念歌谣，看见我回来，他们就会冲着我念："拉大锯，扯大锯，姥姥家门口唱大戏。

先搭棚，后结彩，羊肉包子朝上摆。接姑娘，请女婿，小外孙也要去。人家姑娘都来到，我的姑娘还没来。说着说着就来了，骑着驴，打着伞，光着屁股，挽个髻。"

我们到大街上看热闹，因为北京如有大出殡，这儿也常是必经之路。出殡的行列能有几里长，足够你看上两个小时的。

虎坊桥

在北京的居所，只有两次住大街上，谦安客栈不算，虎坊桥是大街，南长街也是大街，西交民巷则比街小，比胡同大。虎坊桥是我成长中最难忘的地方，这时我的二妹也被从台湾接到北京来，我母亲又在虎坊桥生了四妹、五妹，家里人口旺，虎坊桥大街上也多彩多姿，我在《城南旧事》和其他短篇怀念中，都有以此地为背景，或者专文记载。我的二妹来时已八岁，该入小学二年级了，但是她因言语不通，没读过书，所以插入隔壁的第八小学（后来叫虎坊桥小学）一年级。有一天她放学回来，对母亲说："老师叫我明天拿孔子公去。"母亲纳闷，怎么叫作拿孔子公去呢？原来老师是叫拿通知簿去，她以闽南语谐音听成孔子公。她所以知道孔子公，是因为台湾亦尊孔，管孔子叫孔子公。

虎坊桥的这所三进大房子，原来是广东的蕉岭会馆，我林家是七代以前从广东蕉岭移居台湾头份，祖父生前还每年返蕉岭拜祖祠，因此父亲在北京也就跟客家人很熟，租了蕉岭会馆全馆。北京各省会馆很多，都是清朝各地上京赶考学子所居住的地方，民国以后没有科举，会馆里虽然仍住着各省学生，但也有很多租给人住家，以便有收入作管理会馆的费用。

父亲爱漂亮、清洁，便把蕉岭会馆油刷整理一新，那时父亲交游广，家里人口多，我们已有六姐弟，再加上车夫、宋妈及另一奶妈，一共就有十一口人了。周末总是有客人来玩，母亲每天多是到广安门大街的广安市场去买菜，鱼虾就到西河沿去买。春天门口有挑担或推车卖黄花鱼、对虾的，青菜则有整辆车的红梗绿菠菜。清末皇族趣谈，说西太后逃难在外，乡下没得可吃，某日御厨上来了一道菜。西太后在她那宫里每天一百八十道菜中从没见过，吃起来倒不难吃，便问这是什么菜，御厨思索了一下，找了句吉祥好听的，便说："太后老佛爷，这是金镶白玉板红嘴绿鹦哥呐！"原来只是油煎豆腐烧菠菜，就是这种红绿相映的菠菜。

我住虎坊桥时已经三、四年级了，每日仍是走读，这次和住新帘子胡同相反方向。上学是由虎坊桥大街走到京华印书馆，向北转走一条南新华街，经过臧家桥、大小沙土园等路口，到了厂甸、海王村直走下去，就是附小了。记得沙土园口上有一家蜀珍号，专卖干货的，他们自制辣萝卜干，颜色红白相映，辣乎乎的，好吃极了，我常常买了一包，没等到家就在路上打开，一根一根地捏出吃。又有一家小南方饭馆，中午不愿回家吃饭，就在这饭馆吃梅干菜肉末包子，每次只吃三大枚或加叫一碗汤共五大枚，而且不用付现款，记在一个小折子上，每月算账。

这时是北伐"闹革命"的时候，也是新文化运动、妇女解放运动到了极致的时候，许多女孩子剪了辫子。我在附小也每天看见有新剪发的同学，附小韩主任禁不住召集全校同学到大礼堂，说明"身体发肤受之父母不可毁伤"的大道理，但时潮扑来，拦不住了，我也剪了发，虽胆颤又心惊的，还好父亲看见了，没讲什么。但是制服的问题却很严重，使我痛苦极了，这时我们又搬家了。

西交民巷

知道北京东交民巷的人，都知道那是使馆区。西交民巷没有东交民巷那么漂亮，但因为是银行区，所以也很整洁，我家对面就是中国银行，父亲叫我到日本正金银行去取款，是在东交民巷。我小小年纪，手捏着银行存款簿，也捏着一把汗。父亲叫我去取"金参拾圆也"，是有意训练我吗？我自此不得不凡事全力以赴。父亲老早离开我们，亏得我这做大姐的受了父亲的严格训练，也不知天高地厚，什么都不怕的硬闯。

说到制服，我们学校原是穿中式右大襟衣裙或大褂儿。新潮来，学校改制服样式了，是衣连裙翻领的，质料仍是月白竹布。我的父亲真不讲理，他说穿这样差的料子和样式像外国乞丐，非叫我仍穿中式竹布大褂儿不可。制服怎么能不穿呢！母亲也怕父亲，她出个主意，每天让我把制服穿在里面，外套竹布大褂儿，到了学校，我就先脱了大褂儿叠好放在传达室，才去教室上课，放学时再到传达室套上大褂儿。这样有多久，我已经不记得了。

宋妈常常带了弟弟、妹妹，端了小板凳到对面中国银行的树荫下去坐，等着我和二妹放学回来。这时二妹还在虎坊桥的第八小学。我们每天都要穿过和平门，我先到附小，她再一直走下南新华街，到了虎坊桥大街东拐，再走一段就到了。

我们的隔壁是一位回族的外科大夫赵炳南挂牌行医，父亲跟他成了街坊朋友。记得我家有一架手摇的日本小留声机，小小的唱片，唱出来的是日本童歌《桃太郎》什么的，赵大夫觉得有趣，还借去听来着。后来我们搬离了西交民巷，他也搬到对面一所平房。我之所以对他有深刻印象，是我的五妹燕玢有一年脸上敏感长满了疙瘩，西医无法，就到赵炳南那儿去治疗，涂了他给的药膏（小扁盒装），很快起了一层痂，掉了后就是一张漂亮白净的小脸蛋儿了。多年后，焯儿三岁时得疝气，小儿科麻大夫最后要给动手术了，我很担心。那天早上，上麻大夫诊所经过西交民巷，看见赵炳南的牌子，我忽然灵机一动，停车下来问门口儿挂号的，治不治疝气。他很和气地说："倒是也有人来治过。"我就带进去给赵大夫看，并且告诉他，我们曾是街坊的事。他听了很高兴，给了仍是小扁盒的药膏。肿胀存水的疝气，果然不数次就消肿痊愈了。因而对赵炳南的印象很深。

若干年前（有十多年了）在海外看到一篇报道说赵炳南已成为大陆的名医，不再是一般人叫他是"瞧疙瘩的"了。他所治的疑难之症，不光是像我妹妹满脸疙瘩或者我儿子的小肠疝气，什么鼠疮、湿疥、挖子弹……各种怪病他都治好过。他出生在一个糕饼店的工人家庭，十四岁的时候在北京的一家德善医室当学徒，每天工作二十小时。有一天他在制膏药，一边用棍子搅油膏，一边打瞌睡，一只手不小心插进了滚烫的油膏锅里，手上的皮整个烫脱掉了，疼得他无法忍受，只好拿些冰片撒在上面。谁知老板看见了，夺过冰片，还揍了他一顿。可能受了这个刺激，他在小小年纪便努力钻研，终于掌握了一些外科疗术技巧。老年后还出版了一本《赵炳南临床经验》的三十万字大书。

　　我在西交民巷住的时候，念小学五年级了。某年家旁的房子，白粉门墙上忽然发现了"福音堂"三个字，每个周末，像上课一样，洋人传道。我的父亲要我去听，他以为也许可以学点英语吧！其实我是喜欢那儿发的画片，英语一个字儿也没学过，倒是学会了这样的歌："耶稣爱我真不错，因有圣书告诉我，凡小孩子都牧羊……"

　　街头上也常常来一队救世军的传教人，就是中国银行门前空地上，她们也是洋鬼子，穿着救世军的灰色制服。紫红色的领子上有"救世军"三个字，听见她们用的乐器（摇鼓）一响，各家的小孩便往外跑，围着她们看热闹，听传教，谁还真的去信教呐！

　　这时我的父亲却因肺病住了医院，他住过德国医院、日华同仁医院。在我们又搬到梁家园的时候去世。

梁家园

　　梁家园的家是两层楼，这在北京南城是较少见的。出了南口是热闹的骡马市大街，购买日常用品很方便，著名的店如佛照楼、亿丰祥、西鹤年堂都在这一带。北口外对面就是十九小学（后来叫梁家园小学），我的二、三妹及弟弟都入这间小学，出入真是方便极了。我记得在房顶平台上就可以眺望教室前的大操场。可惜父亲这时已病重，终于在东单三条的日华同仁医院以四十四岁的英年去世。父亲临死前遗命要火化，骨灰带回台湾。而且他还嘱咐说，骨灰盒不能随便放在行李箱里，一定要手捧着。父亲在日本火葬场火化，日本和尚念的经。但在做七的时候，是用北京规矩，烧的是纸糊冥器楼船人物等。从此以后，我们便在并非陌生的异乡北京和寡母相依为命过日子。

父亲去世后，祖父曾来信要我们回台湾，我才念初一，首先就不肯，我说我才不回去念日本书！名字中带有"燕"字的弟弟、妹妹们，更是对台湾一无所知。而母亲，我知道她在北京过了这么多年自由自在的日子，她是台北板桥人，是讲闽南话的，父亲是头份客家大家庭，母亲在客家村里过了两年吃力的儿媳妇的日子，她是放足，个子矮小，也要背着孩子轮流上灶台，怎能跟那些大脚片子的婶母、姑母们比，她怎么愿意回去呢！好了，我这大女儿这么一说，她也就顺从我们，正乐得不回去了。

南柳巷

　　既如此，为了节省生活的开销，我们就搬到南柳巷五十五号的晋江会馆，不必付租金的房子。我们虽非晋江人，但是母亲的祖先却是从福建同安移民到台湾的。

　　在北京我们认识的朋友、同乡，说闽南话的，比客家人多，所以生活虽较艰苦，却不寂寞，我们姐妹多，每天上下学绕着母亲过日子，她为我们洗衣煮饭，烧我们爱吃的饭菜。

　　她的菜式是台湾菜，客家菜，许多青菜和韭菜、莴笋叶，菠菜什么的，都用开水烫了蘸日本万字酱油。她也善烧五柳鱼、青蒜烧五花肉、炒猪肝、猪心、姜丝炒猪肺，等等，原来都是台式或客家菜。我却另有一套北京吃儿，当然以面食为主，饺子、馅饼、韭菜篓、炸酱面、薄饼卷大葱、炒韭黄豆芽菜什么的。在这样的饮食爱好下，我从小就学着帮宋妈擀皮包饺子，用炙炉烙盒子。喜欢做是因为我爱吃嘛！

　　说到吃，我倒要"插播"一下，住西交民巷的时候，每天中午回家吃饭，看见饭好了，可菜还没炒，就急得跳脚，怕下午上学迟到。母亲就拿炼好的猪油和日本万字酱油浇在热腾腾的京西稻煮的饭里，吃起来是甘、甜、香，别提多好吃啦。可是半年下来，我们上学的孩子，脸蛋儿就都胖嘟嘟地圆滚起来。

入中学正是发育成长期，我又好吃，自己倒也有几样怪异的食谱。

汽水泡饭。夏季里打开一瓶冰镇的玉泉山汽水，倒入热饭里，好像汤泡饭似的，吃起来非常凉爽。

茶泡饭就酱萝卜。买六必居、天源或铁门的酱萝卜，那都是北京出名的酱园。母亲说我喜欢这样吃，是因为小时候在日本吃"御茶渍"吃的，日本人常吃茶泡饭，日本的酱菜叫"福神渍"的，配着吃也是很清爽的。一直到现在，我还是喜欢吃茶泡饭就酱瓜，就这样也能当作一顿饭。

烧饼夹烧羊肉就酸梅汤。夏季的下午四五点，每家羊肉床子都会烧一锅五香羊肉，香气四溢。这时放学，肚子有点饿，买烧羊肉夹在刚出炉的烧饼里，旁边如有干果店，就来一碗冰镇酸梅汤，热烧饼羊肉就冰凉酸梅汤，现在想着还是流口水。我想起现在我为什么喜欢吃洋玩意儿叫"潜水艇"的，把法国长面包烤好剖开，夹入烤牛肉或鲔鱼或火腿，再放一些生菜、洋葱等，配一瓶可口可乐，意思是一样的啊！

烧饼油条夹泡菜。这是吃早点的，热芝麻酱烧饼夹刚炸的油条，再夹入一些酸辣泡菜，另有一番味道。

自从我们决定不回台湾老家以后，我当然就一天天的成了林怀民所形容的我："台湾姑娘，而有北京规矩。"饮食、语言，我都是京味儿了。闽南话虽然说，但是变成了"北京台语"。

就在我家斜对面，是名为"永兴寺"却看不出庙样儿的房子，俗名儿叫南柳巷"报房"。它在北京的报业史上却是得写上一笔的，因为永兴寺成了北京报纸的派报处，每早四五点，天还没亮，所有批卖报纸的都集中在此。就在我家墙外，一片吵噪之声，因为他们就蹲在墙根儿等报。卖杏仁茶的挑子也来了，冬境天儿，北京人习惯早上喝碗杏仁茶，热乎乎的取暖。等到各报馆把报纸送来了，又得吵噪一阵，因为先买了报，先送、先吆唤，先卖钱呀！

北京街头的吆唤，是抑扬顿挫，各有其妙语及悦耳之声。报纸本来不是街头小吃，也没有敲梆子打锣，或以藤棍击其所卖之器，像卖缸瓦瓷器的敲缸瓦瓷，焊洋铁壶的敲铁壶，收旧货的打洋钱大的小皮鼓，磨刀的打一串穿连的铁片。受小朋友欢迎的是"打糖锣儿的"，他的小木槌打在小铜锣上，清亮的锣声没几响，小朋友就都从小宅门儿跑出来啦！围着挑子，看上面有百十样儿好吃、好玩、好看的东西，如蛋皮、酸枣面儿、青杏儿蘸蜜、彩色玻璃珠串、小泥人儿、汽水球、香烟洋画儿、贴纸画儿、小玻璃戒指、手镯，等等。没有钱的小孩儿站在挑子边，以羡慕的眼光看这看那，拿起这看看，问价儿，捏起那看看，问价儿。打糖锣儿的，早就知道谁手里捏着钱，谁一个子儿也没有，就瞪眼说："少动！回家拿钱去！"看，多么伤小孩子自尊啊！

至于卖小报儿、晚报的，说相声的曾这样形容他们的吆唤："快买份儿《群强报》看咧！看这个大姑娘女学生上了新闻喽！"北平的小报，如《小实报》《群强报》《时言报》等，上面连载小说特多，看小报是市民的消遣，时局紧张变化多的时候，则是晚报的销路好。

南柳巷是个四通八达的胡同，出北口儿，是琉璃厂西门——我的文化区。笔墨纸砚都在这儿。我在《家住书坊边》，曾详细描述过，现在，我不但是在家住书坊边，而且是"家住报房边"了。出南柳巷南口儿，是接西草厂、魏染胡同、孙公园的交叉口，是我的日常生活区；烧饼麻花儿、羊肉包子、油盐店、羊肉床子、猪肉杠、小药铺，甚至洗澡堂子、当铺、冥衣铺等都有，是解决这一带住家的每日生活所需。出西草厂就是宣武门大街，我的初中母校春明女中就在这条大街上。

春明女中是福州人办的私立女校，学生人数不多，所以全校同学几乎都彼此认识。因为在南城，是京剧演艺人员住家地方，所以有一些和京剧有关的子女，以及演话剧电影的，都在这儿上学。比如话剧电影明星白杨（学生时代叫杨君莉）比我矮一班，北京学生流行演话剧，学生话剧运动开会，我曾和白杨代表学校去参加。她和她姐姐当时住在西城一个公寓里。她皮肤白皙，眼睛灵活，笑口常开，很可爱。老生余叔岩的两个女儿慧文、慧清，和我同班，亦是好友。她们的功课棒极了，慧文后来读医，慧清学财商，生活保守，父亲不许她们听戏，更别说唱两句了。言慧珠也在本校，比我低多班，所以没见过。

南柳巷也是我一生居住中极重要的地方，时间又长，我在无父后的十年成长过程，经过读书、就业、结婚，都是从这里出发；我的努力、我的艰苦、我的快乐、我的忧伤……包含了种种情绪，有一点，我们有一个和谐的、相依为命的家庭，那是因为我们有一个贤良从不诉苦的母亲。

永光寺街

一九三九年我和承楹结婚，夫家住在附近的永光寺街一号，走路五分钟就到，我虽然离开了南柳巷，但那儿还是我的娘家，来往非常方便。我来到一个四十多口人的大家庭做第六个儿媳妇。这家庭的情形和生活，我在《闲庭寂寂景萧条》一文中，曾有描述。永光寺街房子是公公自宦海退休后，自己设计建造的房子，他在《枝巢记》中曾为文描述，里面提到所种植的白丁香、马缨花、葡萄架、紫藤架，我都欣赏。

前两年焯儿访大陆，特地回到他出生故居，想寻找爷爷、奶奶、叔伯的住屋。谁知院子里盖满了一个一个的小破厨房，住了二、三十户人家，哪还有白丁香、绿葡萄、红樱花、紫藤花的影子呢！这也是可以想见的。

　　大家庭的生活，有其好处。一九四一年我做了第一个孩子的母亲。（夏家老规矩，生了孩子满月时，要先到婆婆屋里向她叩头，并且说："娘，给您道喜！"）我那时仍然在师大图书馆工作，家里虽然有仆妇，但是我不在家时，婆婆、妯娌，都帮着照顾孩子，可以说在办公室整日伏案工作而无"后顾之忧"吧！我们这一房住在东院楼上，焯儿是个夜哭郎，住在楼下的爷爷，冬日里会夜半披衣上楼来观看。二嫂更是疼爱焯儿，她常常上楼来陪我住一两天，照顾孩子。二哥、四哥都到后方四川，二嫂和她的五个孩子从上海移来北京依大家庭住，在大家的生活都很艰苦下，她竟把还缝着五彩丝线的陪嫁缎子衣服，叫我给焯儿拆做外罩大褂。

　　夏日的天棚下，在堂屋里一边和婆婆话家常，一边替她搓吸水烟的纸煤儿。有时卖南货的上海人来了，挑担放在院子里，婆婆就挑买她所需的金华火腿、杭州茶叶、锡箔银纸、福建烟丝等。这种生活经历一直过到抗战胜利后，我做了两个孩子的母亲，我们才要求搬到南长街一所小三合院的房子，过独立的小家庭生活。

南长街

南长街是一条安静、美丽的大街，它是属于紫禁城区。这条大街向下走，过了西华门大街就是北长街，太监李莲英的大府第就在那儿，一女中也在那儿，我未曾问过家人原因，为什么这条紫禁城区的大街，会有那么一排八所小门小户的三合院呢？我们就住其中的一所，门牌二十八号。我后来猜想，这在当时一定是前清在宫里当差的旗丁、车夫、厨子、小太监的住家吧！在我们家后面死胡同里有一户人家，有个说话阴阳怪嗓娘娘腔的老人，据说就是个太监。可能民国后，公公把这排房子便宜买下的吧！房子虽小器，地区可好，对面就是中山公园的冰窖后门，天气好的假日，我们推了藤制小孩车，拉着大的，推着小的，四口儿过马路从冰窖门进去，就是大柏树下的那一片茶座了，柏斯馨、长美轩、春明馆，可以饮茶、吃点心、下棋，屋子里可以开画展。

南长街南口外的府右街，有私立艺文中小学，焯儿在这儿读一年级，我也在这时做了第三个孩子的母亲。我每天早上牵着焯儿的手，送他到学校，下午又去接他。站在教室窗外，看他们上最后一堂课，大概是有多余的时间，老师就让小朋友自由讲故事，焯儿有发表欲，常听他讲的，总是有"放屁"的故事，有一次竟然唱起京戏："武家坡蹲的我两腿酸，下得坡来向前看，见一位大嫂……"窗里窗外的人都笑了，我也只好不好意思地笑吧！

这时已经是时局不安的时候了，台湾的家人——包括我林家和母亲简姓娘家（母亲生母家姓简，后给黄家做女儿），都不时来信要母亲返台，拖延到一九四八年下半年，才做决定。

我们在南苑上飞机，飞机在北京城绕过，最后的一瞥是协和医院的琉璃瓦屋顶。

综观我在北京住了二十六年，北京话说得嘎巴脆，七声的闽南话却是以普通话的四声来说，可谓是"京味儿台语"，所以返台后人常问我："你是高雄人吧！"

我的京味儿回忆，到此暂告一段落，写时老是想起这个那个还没写呢，其实，要撒开儿写，是没完没了的，留待日后想起什么再慢慢儿找补吧！

冬阳·童年·骆驼队

骆驼队来了，停在我家的门前。

它们排列成一长串，沉默地站着，等候人们的安排。天气又干又冷。拉骆驼的摘下了他的毡帽，秃瓢儿上冒着热气，是一股白色的烟，融入干冷的空气中。

爸爸和他讲价钱。双峰的驼背上，每匹都驮着两麻袋煤。我在想，麻袋里面是"南山高末"呢？还是"乌金墨玉"呢？我常常看见顺城街煤栈的白墙上，写着这样几个大黑字。但是拉骆驼的说，他们从门头沟来，他们和骆驼，是一步一步走来的。

另外一个拉骆驼的，在招呼骆驼们吃草料。它们把前脚一屈，屁股一撅，就跪了下来。

爸爸已经和他们讲好价钱了。人在卸煤，骆驼在吃草。

我站在骆驼的面前，看它们吃草料咀嚼的样子：那样丑的脸，那样长的牙，那样安静的态度。它们咀嚼的时候，上牙和下牙交错地磨来磨去，大鼻孔里冒着热气，白沫子沾满在胡须上。我看得呆了，自己的牙齿也动起来。

老师教给我，要学骆驼，沉得住气的动物。看它从不着急，慢慢地走，慢慢地嚼，总会走到的，总会吃饱的。也许它天生是该慢慢的，偶然躲避车子跑两步，姿势很难看。

骆驼队伍过来时，你会知道，打头儿的那一匹，长脖子底下总会系着一个铃铛，走起来"铛、铛、铛"地响。

"为什么要一个铃铛？"我不懂的事就要问一问。

爸爸告诉我，骆驼很怕狼，因为狼会咬它们，所以人类给它们带上了铃铛，狼听见铃铛的声音，知道那是有人类在保护着，就不敢侵犯了。

我的幼小心灵中却充满了和大人不同的想法，我对爸爸说："不是的，爸！它们软软的脚掌走在软软的沙漠上，没有一点点声音，你不是说，它们走上三天三夜都不喝一口水，只是不声不响地咀嚼着从胃里倒出来的食物吗？一定是拉骆驼的人们，耐不住那长途寂寞的旅程，所以才给骆驼带上了铃铛，增加一些行路的情趣。"

爸爸想了想，笑笑说："也许，你的想法更美些。"

冬天快过完了，春天就要来了，太阳特别的暖和，暖得让人想把棉袄脱下来。可不是吗？骆驼也脱掉它的旧驼绒袍子啦！它的毛皮一大块一大块地从身上掉下来，垂在肚皮底下。我真想拿把剪刀替它们剪一剪，因为太不整齐了。拉骆驼的人也一样，他们身上那件反穿大羊皮，也都脱下来了，搭在骆驼背的峰上。麻袋空了，"乌金墨玉"都卖了，铃铛在轻松的步伐里响得更清脆。

夏天来了，再不见骆驼的影子，我又问妈：

"夏天它们到哪里去？"

"谁？"

"骆驼呀！"

妈妈回答不上来了，她说："总是问，总是问，你这孩子！"

夏天过去，秋天过去，冬天又来了，骆驼队又来了，但是童年却一去不还。冬阳底下学骆驼咀嚼的傻事，我也不会再做了。

可是，我是多么想念童年住在北京城南的那些景色和人物啊！我对自己说，把它们写下来吧，让现实的童年过去，心灵的童年永存下来。

就这样，我写了一本《城南旧事》。

我默默地想，慢慢地写。看见冬阳下的骆驼队走过来，听见缓慢悦耳的铃声，童年重临于我的心头。

第三部

教子无方

成年人总是绷着脸儿管教孩子，好像我
们从未有过童年，不知童年乐趣为何物何事。

今天是星期天！

"今天是星期天，孩子们！"在似醒还睡中，我听见他以致训词的调门这么说，"让你们辛苦的妈妈，睡个懒觉！"跟着是孩子们的一阵哄堂好，他连忙"嘘！嘘！"地给镇压下去了。

谁要说"当今之世，知道体贴妻子的丈夫有几个？"的话，我首先要叫出反对的口号来，这种体贴的幸福，我深深地尝到了。"让你们辛苦的妈妈睡个懒觉……"我微笑地，陶醉地，含着这颗"体贴的幸福的果实"在温暖的被窝里翻个身。我忽然记起，有人曾把"好妻子"的美衔送给我，如果我真有这项荣誉——荣誉应该属于他。想着想着，当我再听见他说什么"孩子们跟我到厨房来……"的时候，我已渐入幸福的梦乡中了。但是这个幸福（或体贴）的回笼觉，似乎没有达到理想的时间，我便被自己的一阵咳嗽给呛醒了，我闻见了什么味儿，也听见了一阵小小的喧哗，是他在说话："美美，乖，快，再去拿点儿报纸来，可别拿今天的，今天是星期天，知道吧？"

好了，我该起来了，原来一股煤烟钻进了蚊帐。我首先要明了的是他们爷儿几个的情形。在厨房果然有一番新景象被我看到：洗脸毛巾围在饭锅上，字纸篓歪在火炉旁，麦片、牛奶罐头、鸭蛋、香蕉，堆在洗脸盆里！外子正给小儿等开讲火的哲学呢！他说："人要忠心，火要空心，懂不懂？……但是……"他一回头看见了我，"咦？怎么不睡啦？去睡你的，这儿有我！"我幸福地一笑，刚想说"也该起啦！"话未出口，他又接下了："要不然，你先来给生上这炉火再说，大概炉子有毛病，不然不会生不着的。"

我的孩子们用一种"叹观止矣"的神情，看我把一小团十六开报纸和数根竹皮把那炉火生着了以后，美美开口了："爸，火着了，做你的麦片牛奶鸭蛋香蕉饼吧！"

"麦片牛奶鸭蛋香蕉饼？是《媛珊食谱》上的？"在那本食谱上，我仿佛没见到有这么一道复杂的点心呀！

"不，是爸爸发明的！"

那就难怪了，她爸爸发明的东西可多哪，这一早上就两样了，"空心火"跟"麦片牛奶鸭蛋香蕉饼"！

"好，其余的你不用管了，你等着吃现成的，我们来！"

等着吃现成的，对，我由厨房走上了我们的"统舱"。我说统舱，人家会不懂，原来在这十几席榻榻米上，晚上铺上了被褥，就跟当年我们睡在轮船的统舱里一样，故以名之。到了白天，铺盖卷儿一收，当然就是客舱了！现在我所以说"上了我们的统舱"的意思，是因为被褥狼藉，我还没收拾呢！

待我把客舱"表现"出来，那边已经在叫吃早点了。

关于"麦片牛奶鸭蛋香蕉饼"，如果当时有人看见并尝到的话，他们也许会说，那实在是一种缺乏了饼的形状的饼，而且外面黑了有点苦，里面稀了有点生。但它对于我，却不是这种说法，当他踌躇满志地歪着头问"怎么样？"时，我点点头并且不由得颇为含蓄地笑了一下，这含蓄的意义是很深切的，或者可以说，如果不是碍于孩子们在面前，我一定会情不自禁地吻着他那多髭的嘴巴，并且轻轻地告诉他说："我不管人家说什么你做的饼是外焦里不熟，我吃出来的完全是一种幸福的味道！"当然，这种味道，只有我一个人尝得出来。

他在得意之余又发话了："记住，孩子们，以后每个星期天都是妈妈休息的日子，无论什么事都不要妈妈动手，她已经辛苦了一个星期了！"最后，他做如下的决定：

"工作要求效果，看，现在才十点钟，上午诸事已完毕，好，现在，你们可以找小朋友去玩，等到十一点半再回来，我们分工合作，来准备午饭……"

"但是，"我是要说，早点的碗筷还没洗哪，院子还没扫哪，菜还没买哪……不过他不容我插嘴，"你放心好了！"

"不是……"

"一切放心，包在我身上！"他拍拍胸脯。

孩子们呼啸而去，他打了两个饱嗝，夹着一叠报纸，做"要舒服莫过倒着"的阅报式去了。

当我把碗筷洗净，饭桌擦净，厨房刷净，院子扫净，提着篮子去买菜时，他也看完了报。"咦，到哪儿去？"他不胜惊诧地问。

"买菜去呀！"我也不胜惊诧地回答，——难道他说过要请我们下馆子的话了吗？不然他不会不知道买菜是我每天运用智慧最多的一课呀！

"啊，这我倒没想到，不过我们吃最简单的好了，实在用不着像每天那样四盘一碗的，比如做一个咖喱牛肉西红柿土豆来拌饭吃就很好了，像刚才我做的麦片牛奶鸭蛋香蕉饼，不就是营养丰富，而做法简单吗？"

"也好！"我蛮同意。

"不过，"他又犹豫了一下，"好久没吃鲤鱼了是不是？多添个红烧鲤鱼好了。"

菜场归来，小鬼们已经在他的领导下挽袖撩裙做准备状了，我进门先告诉他："今天的鲤鱼都死去过久，我怕不新鲜，所以没有买。"

他用一种"何不食肉糜"的口气问我，"那你怎么不买活的？"

"活的？"活的比死的贵一倍，我们的菜钱里从来没打过买活鱼的预算呀！但我不好伤他的心，仓促间，便说了一句意义不够明显的话："活的也不新鲜！"好在他没听出来。

"来，我们分工合作，以求工作的效果！"他强调早上那句话，同时转向我，"你就是缺乏这种头脑，所以工作效果较差！"

关于分工合作、工作求效果等事，我应当加以补充说明，外子是个标准公务员，吃了十几年的这行饭，虽然两袖清风，但是落得不少"效果"，去年曾因办事效果甚佳而受褒奖，被褒奖的公务员，是没错的，所以我在被批评"缺乏头脑"后，并没有不愉快，虽然我煮饭也有十几年历史了。

他们又把我送上了"客舱"，一定不许我下厨房，还是要我吃现成的。我听他分配得有条有理：

"你们三个人，你剥豆，你洗菜，你扇火，菜由我来切，因为对于你们使用菜刀，我还是不放心。"

果然大家在静静地进行"效果"，一点声息也没有。这现象维持了约有二十分钟，厨房里忽然喊出了一声"快来！"跟着是他举着手从厨房出来了，左手的无名指被菜刀割了一道口子，鲜血滴滴，找棉花、找药水、找纱布，大家忙成了一团，不过他很镇静，并嘱咐大家"不要慌"。这时厨房里又喊出了一声："快来！"原来那个最镇静的美美还在扇火呢！火上是锅，锅里是油，油是开的！我奔上前去，从切菜板上抓起血淋淋的白菜，赶忙丢在油锅里，"碴"的一声，把美美吓跑了，却把他招来了……

"白菜，血，洗！"缠着纱布的手直向我摆。

"啊，来不及了！"我望着躺在油锅里的白菜。

在饭桌上，我指着那碗白菜，对孩子们说："吃吧，这里面有你爸爸的心血！"

他很得意，但严肃地说："这种菜刀实在有改良的必要，为害甚矣！"

这是不能怪他的，因为他惯于使用刮胡子的保险刀，拿菜刀还是头一遭呢！

到此时为止，星期天刚过了一半，我实在有继续说下去的必要，因为他在饭桌上又宣布下一个节目，"吃完饭我带你们几个出去玩，可以让你们的妈妈清静清静。"然后转向我，"你可以睡觉，写文章，打毛衣，随心所欲。"

不用说，吃完饭我又是一阵刷洗，他那种视若无睹的样子，仿佛从来不知道人生在吃饭之后尚有洗碗一事。

在一阵翻箱倒柜之后，有五个纽扣、一二个破洞等着我来缝，这是义不容辞的，因为全家只有我一个人受过缝补的训练，不过他说："平常你如果随手缝补，就不会有堆积之苦了！"这种批评是很对的，从工作的效果上来说。

"跟妈妈摆摆，说：'您舒舒服服地睡一觉吧！'"果然，牙牙学语的四丫头摆手呀呀了一阵子。

送走了他们爷儿五个，我确有轻松之感，是的，我该睡个午觉了，找补早上所失去的幸福之梦。倒下去不久，送晚报的来了，该死，我在睡午觉，来了晚报，都市的生活，对于时间的观念总是模糊的。看完星期小说我再度入梦，但敲门声甚急，想装死都不成，开开门来，一片"拜托"声，原来是邻长里长领着一干人等，送上"请赐一票"，鞠躬如也而去。

时间是不饶人的，当我陆续又为掏粪的、送书的等等开了几次门之后，跟着他们回来了。

"睡得好吧？"世界上最体贴的人，还是自己的丈夫，我很高兴地回答说，"睡了一大觉！不是你们叫门，我还睡呢！"

又经过一场脱换衣服之后，他做本日的第三次宣布：

"来呀孩子们！我们该做晚饭了！"

"不，"我一步抢到厨房门口，两手支撑门柱拦阻着，"你们对我的一番好意，我心领了，晚饭由我一个人来做，请务必答应我这个要求！"

小林的伞

今天早晨细雨蒙蒙，他将要出门，打开这柄被称为"小林"的伞，发现伞骨离开伞轴，再也不能"支持"了。他绷着一张铁青的脸望着我。

"又是孩子们玩坏了我的伞？"我因为最怕看他那副嘴脸，所以尽管低头伏在书桌上，用笔在空白稿纸上乱涂着，随口回应："不知道。""不知道？"我知道他对于我的答复已怒不可遏，竟气哼哼地出门而去。

讲到小林的伞。就得从我们的恋爱讲起。在我们的恋爱史上，伞是我们爱情的插曲。

最初，他有一把相当考究的黑绸伞，是他的哥哥从法国留学归来，赠给他的"剩余物资"之一，其他包括一个网球拍、一个熨衣板、一件浴衣，和几张巴黎裸女画片。他常常带着这把伞来找我，我淘气的妹妹们也常常惊奇又玩笑地说："带伞干吗？"他便会指着天上一片小小的乌云，正正经经地说道："恐怕会下雨！"但是去过北京的人都知道，雨伞和雨衣并不大需要，因为在大雨倾盆的时候，根本就要停止行动，而北京又难得下一次毛毛雨的。他那种伞，在我的印象里，只有"多雾伦敦"的英国人才常常举着的。常常是这样，临到我们要出门，偏偏天不作美，一块乌云遮住阳光，他便要戴上近视眼镜到院子里，向天空的西北角上望之不已，然后回到屋里来，郑重其事地从屋角取出这把黑绸伞，和我的手提包放在一起，免得忘记一同带去。唉！我们时常看完一场电影，出来一看，竟是阳光普照！我们三个：他、伞及我，便手挽手又手挽伞，别别扭扭地走成一字排，在阳光之下散步于王府井。最糟糕的是在电影院里，它挤在我们俩座位中间，动辄得咎，碰过来碰过去都是那把又弯又长的大伞柄在作祟！

有一次，又碰到阴霾满布的天气，他当然又坚持要带着伞出去。我说敢打赌不会遇到雨的，他说："未雨绸缪，带着总比不带强，万一下雨呢！免得淋成落汤鸡！"我实在不能忍受了，说："万一下雨，我也宁可淋成落汤鸡！"他尚在犹豫，我最后补充了一句："有伞无我！"他才悻悻然把那伞儿收去！

在许多公共场合的衣帽间里，也常常有它的踪迹，真是"人皆取衣我取伞！"但不幸的是在某次友人的结婚典礼时，这把法国名伞竟不幸被茶房给错了客人，换来一柄破旧的黑布伞。那天赶巧真的有点儿雨，我们俩躲在这只破伞下，他默然不语。

他心里一定在盘算着：登个寻失广告吧，未免被人贻笑小题大做；和茶房发脾气吧，实在也无济于事，丢了又真可惜，这把破伞不久便流落到下房去，派给老妈子买菜上茅房用了。

胜利以后，日侨遣归，遗下许多东西，我们成天价逛小市儿，捡便宜货。想一想，我们打胜了仗还买人家的剩东西，也说不清心里是什么滋味儿！这把"小林"的伞便是在东单小市上买来的。他希望再得到一把新的那种"英国绅士"味儿的伞的心，不知有多久了，所以当他在那个低头斋发现了这把九成新的伞以后，那种爱不忍释的样子，立刻就使卖主拿出"一买三不卖"的架势来。他把玩良久，最后在伞柄上发现两个字："小林"——我的学生时代的外号，所以他更高兴了："看，你的伞！"小林的伞便在"货高价出头"之下，属于我们了。

我还记得当晚我们臆测"小林"这个日本人，我们猜，小林也许是个学者吧？矮矮的个子，穿着黑西服，皮带系在肚脐眼儿以下的那种日本人。或许是个军阀？不，决不会，一个日本军阀不会有持伞的习惯的。不管他是干什么的吧，怎么回国连伞都不带走呢？他很惋惜的为小林，当然也很侥幸的为自己。

小林虽然没有把伞带回日本去，他却把叫"小林"的伞漂洋过海，带来了台湾。我是先一步到台湾的，一个月后他才来。十五公斤的行李还在基隆，他却举着小林的伞到台北来。一进门，孩子们喊经月不见的爸爸，又惊奇地喊道：

"妈妈！爸爸只带一把伞来！"

他这时也有些难为情，指指伞说：

"带它好不容易啊！箱子里装不下，铺盖卷儿里卷不下，所以我从北京一路拿到台湾来，呵呵！"

当然，在飞机上他可能用腿紧紧地夹着它，在船舱里他也可能和它睡在一起呀！

台湾多雨，他和伞总算有了出路，出门带得更勤了。不过两年的功夫，"小林"已经五劳七伤，修修补补不知多少次了，这次实在无可救药！记得"小林"刚买来的时候，我曾为文小记，如今寿终正寝更不免要祷祭一番。庆幸的是伞虽破不足惜，我们的爱情却老而弥坚呢！

书桌

窥探我家的"后窗"，是用不着望远镜的。过路的人只要稍微把头一歪，后窗里的一切，便可以一览无遗。而最先看到的，便是临窗这张触目惊心的书桌！

提起这张书桌，很使我不舒服，因为在我行使主妇职权的范围内，它竟属例外！许久以来，他每天早上挟起黑皮包要上班前，都不会忘记对我下这么一道令：

"我的书桌可不许动！"

这句话说久了真像一句格言，我们随时随地都要以这句"格言"为警惕。

对正在擦桌抹椅的阿彩，我说："先生的书桌可不许动！"

对正在寻笔找墨的孩子们，我说："爸爸的书桌可不许动！"

就连刚会单字发音的老四都知道，爬上了书桌前的藤椅，立刻拍拍自己的小屁股，嘴里发出很干脆的一个字："打"，跟着便赶快自动地爬下来。

　　但是看一看他的书桌在继续保持"不许动"之下，变成了怎样的情形！

　　书桌上的一切，本是代表他的生活的全部；包括物质的与精神的。他仰仗它，得以养家活口，他仰仗它，达到写读之乐。但我真不知道当他要写或读的时候，是要怎样刨开桌面上的一片荒芜，好给自己展开一块耕耘之地？忘记盖盖的墨水瓶、和老鼠共食的花生米、剔断的牙签、眼药瓶、眼镜盒、手电筒、回形针、废笔头……散漫地布满在灰尘朦胧的"玻璃垫上"！另外再有便是东一堆书，西一叠报，无数张的剪报夹在无数册的书本里。字典里是纸片，地图里也是纸片。这一切都亟待整理，但是他说："不许动！"

　　不许动，使我想起来一个笑话：一个被汽车撞伤的行人呻吟路中，大家主张赶快送医院救治，但是他的家属却说："不许动！我们要保持现场等着警察来。"不错，我们每天便是以"保持现场等着警察来"的心情看着这张书桌，任其脏乱！

　　窗明几净表示这家有一个勤快的主妇，何况我尚有"好妻子"的衔称，想到这儿，我简直有点儿冒火儿，他使我的美誉蒙受"污辱"，我决定要彻底地清理一下这书桌，我不能再等着警察了。

　　要想把这张混乱的书桌清理出来，并不简单，我一面勘查现场，一面运用我的智慧。怎样使它达到清洁、整齐、美观、实用的地步呢？因为除了清洁以外，势必还得把桌面上的东西分门别类地整理一下，使其各就各位，然后才能有随手取用的便利，这一点是要着重的。

我首先把牙签盒送到餐桌上，眼药瓶送回医药箱，眼镜盒应当摆进抽屉里，手电筒是压在枕头底下的，这是第一步。第二步就轮到那些书报了，应当怎么样使它们各就其位呢？我又想起一个故事，据说好莱坞有一位附庸风雅的明星，她买了许多名贵的书籍，排列在书架上，竟是以书皮的颜色分类的，多事的记者便把这件事传出去了。但是我想我还不至于浅薄如此，就凭我在图书馆的那几年编目的经验，对于杜威的十进分类法倒还有两手儿。可是就这张书桌上的文化，也值得我小题大做地把杜威抬出来么？

待我思索了一会儿以后，决定把这书桌上的文化分成三大类，我先把书本分中西高矮排列起来，整齐多了。至于报纸，留下最近两天的，剩下都跟酱油瓶子一块儿卖出去了，叫卖新闻纸、酒矸的老头儿来的也正是时候。

这样一来，书桌上立刻面目一新，玻璃垫经过一番抹擦，光可鉴人，这时连后窗都显得亮些，玻璃垫下压着的全家福也重见天日，照片上的男主人似对我微笑，感谢贤妻这一早上的辛劳。

他如时而归。仍是老规矩，推车、取下黑皮包、脱鞋、进屋，奔向书桌。

我以轻松愉快的心情等待着。

有一会儿了，屋里没有声音。这对我来说并不稀奇，我了解做了丈夫的男人，一点残余的男性优越感尚在作祟，男人一旦结婚，立刻对妻子收敛起赞扬的口气，一切都透着应该的神气，但内心总还是……想到这儿，我的嘴角不觉微微一掀，笑了，我像原谅一个小孩子一样的原谅他了。

但是这时一张铁青的瘦脸孔，忽然来到我的面前：

"报呢？"

"报？啊，最近两天的都在书桌左上方。旧的刚卖了，今天的价钱还不错，一块四一斤，还是台斤。"

"我是说——剪报呢？"口气有点儿不对。

"剪报，喏，"我把纸夹递给他，"这比你散夹在书报里方便多了。"

"但是，我现在怎么有时间在这一大叠里找出我所要用的？"

"我可以先替你找呀！要关于哪类的？亚盟停开的消息？亚洲排球赛输给人家的消息？还是关于西德独立？或者越南的？"我正计划着有时间把剪报全部贴起来分类保存，资料室的工作我也干过。

但是他气哼哼地把书一本本地抽出来，这本翻翻，那本翻翻，一面对我沉着脸说："我不是说过我的书桌不许动吗？我这个人做事最有条理，什么东西放在什么地方，都是有一定规矩的，现在，全乱了！"

世间有些事情很难说出它们的正或反；有人认为臭豆腐的实际味道香美无比，有人却说玉兰花闻久了有厕所味儿！正像关于书桌怎样才算整齐这件事，我和他便有臭豆腐和玉兰花的两种不同看法。

虽然如此，我并没有停止收拾书桌的工作，事实将是最好的证明，我认为。

但是在两天后他却给我提出新的证明来，这一天他狂笑地捧着一本书，送到我面前，"看看这一段，原来别人也跟我有同感，事实是最好的证明！哈哈哈！"他的笑声快要冲破天花板。

在一篇题名《人人愿意自己是别人》的文章里，他拿红笔勾出了其中的一段：

一个认真的女仆，决不甘心只做别人吩咐于她的工作。她有一份过剩的精力，她想成为一个家务上的改革者。于是她跑到主人的书桌前，给它来了一次彻底的革新，她按照自己的主意把纸片收拾干净。当这位倒霉的主人回家时，发现他亲切的杂乱，已被改为荒谬的条理了……

有人以为——这下子你完全失败了，放弃对他的书桌彻底改革的那种决心吧！但人们的这种揣测并不可靠，要知道，我们的结合绝非偶然，是经过了三年的彼此认识，才决定"交换饰物"的！我终于在箱底找出了"事实的更好的证明"——在一束陈旧的信札中，我打开最后的一封，这是一个男人在结束他的单身生活前夕，给他的"女朋友"的最后一封信，我也把其中的一段用红笔重重地勾出来：

从明天起，你就是这个家的主宰，你有权改革这家中的一切，而使它产生一番新气象。我一向紊乱的书桌，也将由你勤勉的双手整理得井井有条，使我读于斯，写于斯，时时都会因有你这样一位妻子，而感觉到幸福与骄傲……

我把它压在全家福的旁边。

结果呢？——性急的读者总喜欢打听结果，他们急于想知道现在书桌的情况，是"亲切的杂乱"呢？还是"荒谬的条理"？关于这张书桌，我不打算再加以说明了，但我不妨说的是，当他看到自己早年的爱情的诺言后，用罕有的、温和的口气在我耳旁悄声地说："算你赢，还不行吗？"

教子无方

母亲骂我不会管教孩子，她说我："该管不管！"我也觉得我的儿童教育有点儿特别。

刚下过雨，孩子们向我请求：

"让我们光脚出去玩，好不好？"

我满口答应，孩子们高兴极了，脱下鞋子，卷起裤腿儿，三个一阵呼啸而去。母亲怪我放纵，她说满街雨水，不应当让孩子们光脚去蹚水，我回答母亲说："蹚水是顶好玩儿的事，我小的时候不是最爱蹚水吗？"母亲只好骂我一句："该管不管！"

我们的小家庭里，为孩子玩耍的设备简直没有，他们勉强算是有一间三坪的卧室，还要匀出我放小书桌和缝衣机的地盘来。还有三个抽屉归他们每人一个，有时三个孩子拉出抽屉来摆弄一阵子，里面也无非是些碎纸烂片破盒子。他们只有一盒积木算是比较贵重的玩具，它的来历是：

儿童节的头一天，大的从高级班同学那里借来全套童子军武装，我家务忙，没顾得问他缘由，第二天一早儿，他穿上"童子军"就没了影儿。到了晌午，只见他笑嘻嘻满载而归，发了邪财似的，摆了一桌子文房四宝——笔墨纸砚什么的，还大大方方地赏了妹妹们一盒积木。问他到哪儿去了，他这才踌躇满志，挺着胸脯说：

"今天儿童节，我代表学校到教育厅'接见'厅长去了。这些全是他赏的。"

我们一听，非同小可，午饭多给了他一块排骨啃。整个晚上大家都拿"接见厅长"当题目谈笑。

就是这样，我们既没有游戏室，又没有时间带他们到海滨去度周末，蹚蹚街上的雨水，就好比我们家门前是一片海滩，岂不很好？而且他们蹚着水最快乐，好像我的童年一样。说实话，到今天我都不爱打伞、穿雨衣，让雨淋满身、满头、满脸，冰凉凉的最舒服。

我记得童年时候，喜欢做的许多事情都是爸妈所不喜欢的，因为他们不喜欢，我便更喜欢，所以常常要背着他们做。我和二妹谈起童年的淘气，至今犹觉开心。我们最喜欢听到爸妈不在家的消息，因为那时候我们便可以任意而为，比如扯下床单把瘦鸡子似的五妹包在里面，我和二妹两头儿拉着，来回地摇，瘦鸡子笑，我们也笑，连管不了我们的奶妈都笑起来了（可见她也喜欢淘气）。笑得没了力气，手一松，床单裹着人一齐摔到地下，瘦鸡子哇地哭了，我们笑得更厉害，虽然知道爸爸回来免不了要吃一顿手心板。

雨天无聊，孩子们最喜欢爬到壁橱里去玩，我起初是绝对不许的，如果他们趁我买菜时候爬到里面去，回来一定会挨我一顿臭骂。有一次我们要出门，老二问爸爸：

"妈妈也出去吗？"

爸爸说："是的。"

老二把两条长辫子向后一甩，拍着小手儿笑嘻嘻地向老三说："妈妈也出去，我们好开心！"

我正在房里换衣服，听了似有所悟，他们像我一样吗？喜欢背着爸妈做些更淘气的勾当？我的爸妈那样管束我，并没有多大效力，我又何必施诸儿女？这以后，我便把尺度放宽，甚至有时帮助他们把枕头堆起来，造成一座结结实实的堡垒抵御敌人，枕头上常常留有他们的小泥脚印，母亲没办法儿，便只好又骂我："该管不管！"我心想，他们的淘气还不及我的童年一半呢！

成年人总是绷着脸儿管教孩子，好像我们从未有过童年，不知童年乐趣为何物何事。有一天我正伏案记童年，院里一阵骚动，加上母亲唉唉叹声，我知道孩子们又惹了祸，母亲喊："你来管管。"我疾步趋前，喝！三只丑小鸭一字儿排开，站在那里等候我发落。只见三张小脸儿三个颜色：我的小女儿一向就是"娇女儿泪多"，两行泪珠挂在她那"灵魂的窗户"上，闪闪发光；大女儿的脸上涂着"迷死弗多"口红，红得像台湾番鸭的脸；那老大，小字虽然没写完，鼻下却添了两撇仁丹胡子。一身的泥，一地的水。不管他们惹了什么样的祸，照着做母亲的习惯，总该上前各赏一记耳光，我本想发发脾气，但是看着他们三张等候发落的小花脸儿，想着我的童年，不禁哑然失笑。孩子们善观气色，便也噗嗤嗤都笑起来，我们娘儿四个笑成一团。母亲又骂我："该管不管！"我也只好自叹"教子无方"了。

鸭的喜剧

"好，被我发现了！"

尖而细的声音从厨房窗外的地方发出来，说话的是我们那长睫毛的老三。俗话说得好："大的傻，二的乖，三的歪"，她总比别人的名堂多。

这一声尖叫有了反应，睡懒觉的老大，吃点心的老二，连那摇摇学步的老四，都奔向厨房去了。正在洗脸的我，也不由得向窗外伸一头，只见四个脑袋扎作一堆，正围在那儿看什么东西。啊，糟了！我想起来了，那是放畚箕的地方，昨天晚上……

"看！"仍然是歪姑娘的声音，"这是什么？橘子皮？花生皮？还有……"

"陈皮梅的核儿！"老大说。

"包酥糖的纸！"老二说。

然后四张小脸抬起来冲着我，长睫毛的那个，把眼睛使劲挤一下，头一斜，带着质问的口气："讲出道理来呀！"

我望着正在刮胡子的他，做无可奈何的苦笑。我的道理还
没有编出来呢，又来了一嗓子干脆的：

"赔！"

没话说，最后我们总算讲妥了，以一场电影来弥补我们昨
晚"偷吃东西"的过失。因为"偷吃东西"是我们在孩子面前
所犯的最严重的"欺骗罪"。

我们喜欢在孩子睡觉以后吃一点东西，没有人抢，没有分
配不均的纠纷。在静静的夜里，我们一面看着书报，一面剥着
士林的黄土炒花生，窸窸窣窣，好像夜半的老鼠在字纸篓里翻
动花生壳的声音。

我们随手把皮壳塞进小几上的玻璃烟缸里，留待明天再倒
掉。可是明天问题就来了，群儿早起，早在仆妇还没打扫之前，
就发现塞满了的烟缸。

"哪儿来的花生皮？"我被质问了，匆忙之间拿了一句瞎
话来搪塞，"王伯伯来了，带了他家大宝，当然要买点儿东西——
给他吃呀！"我一说瞎话就要咽吐沫。

但是王伯伯不会天天带大宝来的，我们的瞎话揭穿了，于
是被孩子们防备起"偷吃东西"来了。他们每天早晨调查烟缸、
字纸篓。我们不得不在"偷吃"之后，做一番"灭迹"工作。

"我一定要等。"有一次我们预备去看晚场电影，在穿鞋
的时候，听见老二对老三说，"他们一定会带东西回来偷偷吃的。"

"我也一定不睡！"老三也下了决心。

这一晚我们没忘记两个发誓等待的孩子，特意多买了几块泡泡糖。可是进门没听见欢呼声，天可怜见，一对难姐难妹合坐在一张沙凳上竟睡着了！两个小身体裹在一件我的大衣里，冷得缩做一团。墙上挂的小黑板上写了几个粉笔字："我们一定要等妈妈买回吃的东西"，旁边还很讲究地写上注音符号呢！

把她们抱上床，我试着轻轻地喊："喂，醒醒，糖买回来啦！"四只眼睛努力地睁开来，可是一下子又闭上了，她们实在太困了。

小孩子真是这么好欺骗吗？起码我们的孩子不是的，第二天早上，当她们在枕头边发现了留给她们的糖，高兴得直喊奇怪，她们忘记是怎么没等着妈妈，而回到床上睡的事了。

但是这并没有减轻我们的灭迹工作，当烟缸、字纸篓都失效的时候，我居然怪聪明地想到厨房外的畚箕。谁想还是"人赃俱获"了呢！

讲条件也不容易，他们喊价很高："一场电影、一个橘子、一块泡泡糖、电影看完还得去吃四喜汤圆。"一直压到最后只剩一场电影，是很费了一些口舌的。

逢到这时，母亲就会骂我："惯得不像样儿！"她总嫌我不会管孩子，我承认这一点。但是母亲说这种话的时候，完全忘了她自己曾经有几个淘气的女儿了！

　　我实在不会管孩子，我严肃的面孔常常被我不够严肃的心情所击破。这种情形，似乎我家老二最能给我道破。

　　火气冒上来收敛不住，被我一顿痛骂后的小脸蛋都傻了。发泄最痛快，在屋小、人多、事杂的生活环境下，孩子们有时有些不太紧要的过错，也不由得让人冒火儿，其实只是想借此发泄一下罢了。怒气消了，怒容还挂在脸上，我们对绷着脸。但是孩子挨了骂的样子，实在令人发噱，我努力抑制住几乎快要发出的狂笑，把头转过去不看他们；或者用一张报遮住了脸，立刻把噘着的嘴唇松开。这时我可以听见老二的声音，她轻轻地对老三说："妈妈想笑了！"

　　果然我真忍不住地笑了起来，孩子们恐怕也早就想笑了吧，我们笑成一堆，好像在看滑稽电影。

　　老大虽然是个粗心大意的男孩子，却也知母甚深，三年前还在小学读书时，便在一篇题名《我的家庭》的作文里，把我分析了一下：

　　"我的母亲出生在日本大阪，六岁去北京，普通话讲得很好。她很能吃苦耐劳，有一次我参加讲演要穿新制服，她费了一晚上的工夫就给我缝好了。不过她的脾气很暴躁，大概是生活压迫的缘故。"

　　看到末一句我又忍不住笑了，我立刻想到套一句成语，"生我者父母，知我者儿女"。

　　我曾经把我的孩子称为"一二只丑小鸭"，但这称号在维持了八年之后的去年是不适宜了，因为我们又有了第四只。我用食指轻划着她的小红脸，心中是一片快乐，看着这个从我身体里分化出来的小肉体，给了我许多对人生神秘和奥妙的感觉。所以我整天搂着我的婴儿，不断地亲吻和喃喃自语，我的北京朋友用艳羡的口吻骂我："瞧，疼孩子疼得多寒蠢！"人生有许多快乐的事情，再没有比做一个新生婴儿的母亲更快乐。

　　人们会问到我四只鸭子的性别，几个男的？几个女的？说到这，我又不免要多啰唆几句：

　　当一些自命为会掐算看相的朋友看到我时，从前身、背影、侧面，都断定我将要再做一个男孩的母亲。我也有这种感觉，因为我已经有的是一个男孩和两个女孩，按理想，应当再给我一个男孩。没看见戏台上的龙套吗？总是一边儿站两个才相称。但是我们的第四个龙套竟走错了，她站到已经有了两个的那边去了，给我们形成了三个女孩和一个男孩的比例，我不免有点懊丧。

　　因此外面有了谣言，人们在说我重男轻女了，这真冤枉，老四一直就是我的心肝宝贝！

　　我的丈夫便拿龙套的比喻向人们解释，他说："你们几时见过戏台上的龙套是一边儿站三个，一边儿站一个的呀？"

　　但是这种场面我倒是见过一次，那年票友唱戏大家起哄，真把龙套故意摆成三比一，专为博观众一乐，这是喜剧。

　　我是快乐的女人，我们的家一向就是充满了喜剧的气氛，随时都有令人发笑的可能，那么天赐我三与一之比，是有道理的了！

我喜欢"小人儿书"

　　每个人小时候都喜欢看课外书，我也一样，到现在还是喜欢。在北京读故事书或漫画书，我们叫作看"小人儿书"，就是小朋友书刊的意思，我觉得这"小人儿书"四个字，字面看起来，比小朋友书刊更显得可爱和亲切。我喜欢到什么程度呢，每到外地旅行逛书店（一定要有逛书店这一节目）时，总要先找找看有什么该国的"小人儿书"。除了英文的以外，很多国的文字我都看不懂，但是也可以像看图识字般的，把喜爱的书买回来。

　　不用说，小孩子喜欢看故事、听故事，所以"故事"是很重要的，但是光说故事，就不顾到其他吗？当然不是这样，要想到小孩子从故事书中能得到什么，应当得到什么，这也是很重要的。可是也不能四维八德的，严肃得不得了，枯燥得不得了，一点儿坏事儿都不能做，一点儿歪念头都不许有，树也不能爬，谎也不能撒，爸爸的香烟也不能偷一根抽！这就要看一个童话故事的作家，怎么去处理、安排这故事，让孩子们从爬树跌倒、撒谎吃亏、抽烟被呛烧唇种种受害的后果中学习，写时也要注重幽默、感情、常识种种。我认为从故事中得到常识是很重要的，在无意中说出爬的那棵大树的树名、树的性质、树上有什么鸟窝等等，抽烟为什么被呛了、尼古丁是什么种种，在看故事的无意中灌输常识，这才是上乘的写法，一味地教训是无趣又无用的。

在各类的写作（小说、散文、剧本）中，童话故事也是我的爱好，不管读或写。读到好作品，我可以重复地念，念出声音来，佩服作者的才华、智慧，常常想，这位作家的头脑怎么这么好，怎么想出来的！常听同行说，儿童文学的写作是"寂寞的一行"，我却不这样想，我虽然写得不多，也不是这方面的专业作家，但是每当夜深人静，我伏案为少年朋友写作时，心中却充满了喜悦。有些故事是回忆童年的，记得在书桌前的台灯下写《三盏灯》这篇故事时，心儿便悠悠地回到了童年，眼前浮现了宋妈哈气擦玻璃罩时和我的对话。写得有趣，会独自笑起来，最后还是流下泪来，我是多么想念宋妈啊！写到《迟到》这篇时，好像看到坐在雨中人力车上的女孩——就是我，撩起裤腿看被爸爸抽打的鞭痕。这是我不会忘记的童年往事，因为这件事，我从此一生做一个守时守信的人。

我写一些动物的故事，如《我们都长大了》《不怕冷的鸟——

企鹅》，在写作前都研读动物书籍，或向动物学家讨教它们的生态才下笔的。

写它们的时候，我不但不寂寞，而且从研读中，我也获得了不少常识。从回忆中使我的感情更丰富，无论是亲情、友情、同情。人类的感情生活原来是从孩提时代就要培养的，培养的责任，不光是父母、老师，咱们这一行写作者也要负起很大责任呐！如此，怎么能说我们是"寂寞的一行"呢！

第四部

她今年九十五岁喽！

她很天真地说，"问我为什么不继续印制吗？印好了，没有人买啊，书店不要退回来，一包包地堆在家里，都堆不下了！"

她今年九十五岁喽!

把一生奉献给文学的苏雪林先生，是我所敬爱的作家，她今年九十五岁了！她退休后一直居住的台南成功大学，特于四月十一、十二两天在成大的国际会议厅为其举办祝寿大会，以国际学术研讨会为祝寿主题，有数百人与会，从海外回来参加学术研讨会的学者也不少。

我和邱七七联袂南下，代表北部的文友们为苏先生祝寿，见她虽然坐着轮椅，使用四脚支架，仍是打扮得光亮美丽。白发苍苍，胸前佩着过寿用的大朵兰花，笑嘻嘻的，谈起话来，仍是清脆悦耳，虽然偶尔会出现听不懂的话，但却很有味道呢！

台南两天，返回台北的车上，七七和我谈着苏先生的这事那事，她的文学、她的生活、她的个性，回来后不由得提笔写下一篇回忆和杂感。

其实，这位把一生都奉献给文学的作家，她的写作范围很广，散文、诗作、小说、评论、传记、翻译、戏剧、考据、时论……

都写。而她也是一生从事教育在大学教书的教授。

在古文学的研究中，"屈赋"是她的"最爱"，近四十年来，她把全部精力都放在了这上面，尤其是在她退休以后。她曾把她研究"屈赋"的趣味，比喻为恋爱，给她无比的快乐。她写的《屈赋新探》有一百四、五十万字。分为正副两编，正编是九歌、天问、离骚、九章、远游、招魂，属于屈原亲自撰写的作品；副编则是有关屈赋的问题研究论文，如《昆仑之谜》《希伯来文化对中国之影响》等。这些虽然是她研究学问的"最爱"，若干年来，洋洋大著固然有了，但印了几本就难以为继了，她很天真地说，"问我为什么不继续印制吗？印好了，没有人买啊，书店不要退回来，一包包地堆在家里，都堆不下了！"有什么办法呢！这种学问本就是曲高和寡。但是她仍坚持自己的原则，她说她要把一般人认为最艰深、最难理解的东西叙述出来。她认为现代人不能理解，当求知音于一、二世纪以后！

她一生写作既广，所阅读之书遍古今中外，她曾经谈到她一生爱读之书，这样说过：

"我爱读的文字都是偏于想象恢宏、辞藻瑰丽的那一类，若带有荒唐悠邈的神话成分，则更合我的胃口。屈原的离骚、天问、九歌、招魂，六朝的民间恋歌，像子夜歌、读曲、华山畿和一部分杂曲，都是我喜欢的。

杜甫的诗也是我欣赏的。我的心灵弹力强大，轻飘飘的东西压不住它，一定要具有海涵地负的力量、长江大河那样气魄的作品，才能镇得住我。因为杜甫的诗风与我个性较合，所以我很喜欢他。

李义山（海音按：她的第一部书《玉溪诗谜》就是李义山恋爱事迹考，写时还不到三十岁）、陆放翁的诗我也喜欢。陆放翁的一部《剑南诗稿》几乎被我圈点遍了。清代的诗人我最喜欢袁子才；其他像苏东坡、辛稼轩、吴梦窗等人的词我也很欣赏。小说除了《红楼梦》《水浒传》以外，我也爱读《荡寇志》《聊斋志异》《醒世姻缘》。《聊斋》的俗曲也极好，我认为作者的思想是庸俗的，文笔却极高妙，不得不承认作者蒲留仙确是个天才作家。"

对于西洋文学，苏先生认为自己涉猎不多，但早年林译的名著，像《块肉余生述》《十字军英雄记》《贼史》《迦茵小传》，可说是她的国文启蒙老师。其他像法国莫泊桑、英国哈代的小说，都是她喜欢的。荷马的两部史诗她更是百读不厌，另外《失乐园》、莎士比亚戏剧也是她欣赏的。还有宗教书籍，新旧约和吴经熊译的《圣咏集》、马相伯译的《灵心小史》，则是她的日常精神食粮。这样看来，她还自谦涉猎不广吗？

记得十多年前的一天，我和也是写作和做编辑工作的二女儿夏祖丽到台南拜访苏雪林教授，商量一些出版的问题。她知道我们要来，怕叫门她听不见，便先把木门虚掩，茶也泡好了。

这都是当年八十五岁的她，拄着拐杖亲自做的。台南成功大学宿舍的这个家，她住了不少年，但那次我们去，和以前不同。前院的几棵大树虽还在，但落叶满地无人打扫，怪凄凉的。

我坐下来，凑近着和她大声说话，有时不行，还得拿支笔来加入谈话。她总是笑嘻嘻地说着，笑容天真可爱，虽已是老人，可是依然保有赤子之心！祖丽跑到广大而荒芜的后院去观看了一番，进屋来就说：

"苏先生，您还养了七、八只猫呀！"

苏先生无可奈何地笑说：

"哪里哟！我偶然把剩饭倒在后院，附近的猫就都跑来了，我只好每天在后院放一碗饭，随它们来吃。"

我们谈完正事，听苏先生闲谈她的生活情况，心里真是老大不忍。当时她已自成大退休十多年了，退休金是一次性全部取完的，但是这位老实的读书人，就只是将老本儿存入银行不动，一点儿也不知道运用。靠着越来越不值的微薄利息生活，当然是越来越不够过了，虽然她自奉甚俭，日子是勉勉强强地过着。但她的自俭，在谢冰莹先生的笔下，已经到了这样的地步：

那年她离开师大到台南成大执教，我帮她整理行李，看到一些发黄了的武汉大学的信纸信封，我说："我去买新的信纸送给你，这些都丢掉好吗？""不要丢，不要丢，还可以用。""唉！这块破抹布也带去台南吗？"我把它从网篮里丢出来，她又捡回去。"破布,我留着擦皮鞋。"她一边说一边做手势不让我动手。我只好长叹一声,坐在书桌前看她收拾,心里却在想:一块破抹布、几张破纸都舍不得丢的人,在抗战开始时,怎么肯把半生辛辛苦苦赚来的积蓄、薪水买成五十两黄金献给国家呢……

苏先生一直是孤零零的一个人住。有位好心的女工,每天来打扫洗刷煮一顿饭。这位女工辞掉了附近做了多年的多处工作,却不忍辞掉苏先生的。苏先生跌腿多年来,行动一直不便,可是仍拄着拐杖每天出去买邮票寄信什么的。她写信绝不延误任何事,记得最近我为了寄书给成大中文系,也给她寄了一封信,报告事由。我知道会很快收到她的回信,谁知第二天回信就来了。每年新年,她也是没等我们先寄贺年卡,她的就先来了,真是不好意思。

我曾问到苏先生的日常生活,她的眼力不好,阅读自然也慢,她说每天晚上都会把所有的电视节目看完了才去睡,不管好坏,无聊嘛!不知她现在是否仍这样生活。高龄老人实在不宜这样独居,应当有人陪伴和服侍她的生活才对。我们曾谈到自费的老人之家这类地方,也曾替她安排过,她考虑过,但还是因为种种理由(第一就是她的书很多,那种地方是没处放的)而作罢。

即使是这样,她那热情和容易激动的个性却一点儿也没有变，她自己也说："我生性耿直，见不得人间不平事。"十年前出版了一本《犹大之吻》，内容就是为她的老师胡适之先生大力辩剖，她认为老师被诬蔑了。

苏先生，就是这样的苏先生啊！

最后我来抄录一段《鸽儿的通信》——

亲爱的：

昨晚我独自坐在凉台上，等候着眉儿似的新月上来，但它却老是藏在树叶后，好似怕羞似的，不肯和人相见。雨过后，天空里还堆着一叠叠湿云，映着月光，深碧里透出淡黄的颜色。这淡黄的光，又映着暗绿的树影，加上一层蒙蒙薄雾，万物的轮廓，像润着了水似的，模糊晕了开来，眼前只见一片融和的光影。

到处有月亮，天天晚上有我，但这样清新的夜，灵幻的光，更着一缕凄清窈渺的相思，我第一次置身于无可奈何的境界里了。……

上面摘录的，是差不多快七十年前一位新婚少妇在第一次和她的丈夫小别时写下的《鸽儿的通信》，这位当年的少妇，今年已经九十五岁了，这篇《鸽儿的通信》，收录在她的名著《绿天》里。《绿天》实在是一本富有诗意的散文，像这样描写大自然景色的情意之文，书中有很多，我在中学生时代读它，和今天我自己都做了祖母后再读它，一样地使我深得其味。这位少妇就是苏雪林先生，看她描写的淡黄色的月亮，映着暗绿的树影，夏日的夜晚是如此多情。本篇小文，就算是我对苏先生九十五岁的贺意吧！

分期付款

"不买，钱也没攒下；买了，也就买了！"

这是他近来常挂在嘴边的一句话，这句话，显然是从抽烟的朋友那儿套来的。我们抽烟的朋友，不是常在开戒之后，用一种自慰的口吻说："不抽，钱也没攒下；抽了，也就抽了"么？

当然，话虽属同辙，但"买了"和"抽了"，其结果的表现毕竟不同，唯其如此，我们的家庭近来便在这句话的鼓励下，展开了购物的狂热。

事情的起源，该从他手腕上的那只瑞士金表说起。半年前的一天，他下班归来，神情紧张地从皮夹里掏出一大沓钞票来。

"老张请的那个会，无意中标来了。"

"标来打算怎么样呢？"我问他。

"你看缺什么就买吧！"

我不是见钱眼开的女人，对于物质的欲望，早就到达升华的地步了。说我们什么都缺，可以；什么都不缺，又何尝不可以！

因此我漫不经心地说："你瞧着办吧，缺不缺对于我已经没什么分别了。"

于是在我的冷淡与他的热心之下，这沓钞票送进了亨德利，换来了这只金表。而"不买，钱也没攒下；买了，也就买了"的新经济论便也开始了。

在持此论的不久，我也把李太太的会标来了，没让钱进家门，直截了当地送到缝衣机店。缝衣机进了家门，我才说明来由，当然我的结论也是"不买，钱也没攒下；买了，也就买了"。

这一措施他很赞成，立刻拿出三件该换领的衬衫给我试手，并且说："记得北京有句俗话儿吗？'先钱后买'，瞧，咱们可是'先买后钱'。"好像得了便宜似的，他在得意之余，又想起一件事，"对了，我今天看布告，可以分期付款买收音机，分半年扣钱，怎么样？来一架听听可以吗？"

有什么不可以呢？我们的屋子正嫌太空荡，早就该有收音机了，我不是说过吗，我们什么都不缺，其实什么都缺。

生活紧张起来了，开收音机，对时间，一分一秒都不差，名表毕竟不凡；学洋裁，踩缝机，缝补的活计越来越多。最主要的是他对于办福利的同事非常满意，"你看，又在配车了，近来同仁福利办得实在不错。省产自行车也还骑得过，还是分期付款，八个月扣清，怎么样？我来辆新的，旧车也该让给老大承受了。"

老大一听，早跳起来了。"赞成！赞成！"

"可是，"我面有难色，"现在每个月要付两个死会款，和扣收音机款，简直有点儿周转不灵了，如果再……"

"唉，其实，"他又把那套经济论拿出来了，"不买，钱也没攒下；买了，也就买了，你看！"他伸出带着名表的那只手，指着桌上的收音机，墙角的缝衣机，证明他"老爷没有错"。

老大更在一旁叫嚣："无异议通过，无异议通过！"

终于有一天新车进了家门，车铃叮当脆响，车灯闪闪发光，父子俩非常满意。

那我又为什么当这份傻瓜呢？于是我也到福利社领下分期付款单，买了一双上等芝麻皮的高跟鞋，两百六，出门脚下有双新鞋，立刻就去了六分寒酸。

接着他又以分期付款的方式买来了一条凡立丁西服裤。

福利社在同仁的一致赞扬下，越办越起劲，居然还可以分期付款买到棉被、暖水壶、电熨斗……甚至代客订制大小各号的冰箱！

于是，我们进入了购物的狂热，每样东西都有足够的理由使我们感觉到应当添置。一个人能够花钱买东西是最舒服的事；我们都是极平凡的人，在物质生活中，便很难逃出"占有"的欲望，我们"占有"了这样，便又希望"占有"那样。瞧这十几席榻榻米，可不是刚来时的样子了，记得那时吧，瞧着堆在壁橱里用飞机运来的每人限十五公斤的行李，我不是倒在榻榻米上哭了半夜么！现在呢，每个角落都被塞满了。

对了，他又带回了好消息，每年修整宿舍的款子下来了，每家摊得为数不多，为了体贴同人居住的方便，凡修理房屋不足之数，可以先代垫款，分半年扣清，屋漏墙塌，我们住的是第八等平字号的日产房子，该修的地方可多了。顶上补了屋漏，地上换了新席，纸门也该花钱了，当淡绿色的纸门装上了，立刻感觉到新纸门配旧粉墙不是样儿，粉刷了墙壁再一看，那糟朽的板柱才透着寒蠢！一不做二不休，全部油漆，反正有分期付款挡着呢！

这样一来，一个家才像了样儿，可是我告诉他说，看样子我们的家用支持不到发薪水了，"没关系。"他临上班的时候很有把握地说。果然，下班就带来了"借支半月"。

半个月很快地过去了，又到发薪水的好日子。

他又兴高采烈地回来了，递给我一封厚厚的薪金袋，然后他说："怎么样，福利社又通知配售电风扇了，最新式流线型的，可以转三百六十度。"说着他表演了一个三百六十度大转身，脸仍然对准我。"在夏天一座电扇是很需要的，何况又是分期付款呢！"

"但是，"我的手从薪金袋里拿出来之后，气得直发抖，"你有没有看看这袋里有多少钱？"他一愣，然后说："我一向都是原封不动地交给你呀！"

"那么，你看看这里面还有多少钱？"我把薪金袋里的一叠纸拿出来，借款单，各种分期付款收据，全部送到他的面前，"买这个，买那个，把薪水扣光了还不够，还有两个死会，我找谁要钱去？"

这一来他也有点儿傻了，待了半晌没言语，但是不一会儿他的理由就来了，"我买哪样不是先征求你的同意来着？就说刚才这电扇吧……"

我截住了他的话，"可是哪样你不是强迫我同意的呀！"

"东西买下就跟置产业一样，这也不是什么坏事！"

"可是我们还得吃饭那！置产业肚子就饱了么？"

"我几时又饿过你了呢？"

"现在就要开始了呀！"我气坏了，要哭一场才痛快！

"什么开始了，有我一份！我参加！我参加！"我刚要哭出来，忽然从门外传进来另外一个人的声音，我们立刻停止了吵声，原来是半年不见的蕙蕙，我们俩都不由得以"咦"的一声来欢迎这位远道来的"不速之客"。

蕙蕙脱了鞋进屋来了，她举目环视，从房顶、屋角、地席，一直到眼光落到他的手腕上，然后很有自信地耸耸肩头说："我敢说你们近来混得还不错！看，这房屋、这墙壁、这收音机、缝衣机、自行车，嗒，还有这金表！"然后她以一种要我们答复的口气"嗯？"地询问着。

　　我这时看着他，看他怎么答复，但是他尽管斜低着头装作没事人似的，在抓他后脖子上的那块牛皮癣！

　　为了不使我的老朋友失望，我立刻以一种快乐的面容，却是哭泣的心情对她说："可不是，他正跟我商量要买一架电风扇呢！蕙蕙你说，三百六十度大转身的好呢？还是一百八十度大摇头的好？"

拆屋大王来了

打开大门，还没看清楚是谁，就接过来一张名片。啊！原来是——原来是拆屋大王来了。

"就是你？你就是……？"

"我就是名片上的人。"

大王是个瘦瘦黑黑的小老头儿，穿着一身绛紫咖啡混合色的厚布西装，推着一辆破旧的自行车。旁边还有一位年轻女性。如果他是大王，她就应该是女秘书。她的打扮是头戴草笠，身穿花布洋装，两只胳膊上套着布套，在嘉南平原的农田里可以看见的那种少女的打扮。是农忙的空当间，来台北做"女秘书"吗？

她说："要拆屋吗？"

我说："还没有到要拆的时候。"

她说："旁边都拆了呢！"

我说："旁边是旁边，我是我。"

　　她没想到我这样回答，愣了一下，然后退后几步，用眺望的姿势，看看我家左边，再看看右边。是，两边都拆了。两面废墟，中间一枝独秀的，是我们的五十坪。住校的小女儿回来说："我只有在战争片子里，看过这样的情景！"有一天晚上，有客来访，比约定时间迟到了半小时，他说："我简直不认识了，找不到你们家，我又回到牯岭街的古亭区公所开始，依据我印象中的走法，穿五巷，向左转，街对面，就是了。"

　　布套女郎又说："但是有几家，我们都约定了，可以先约定啊！"

　　大王说："对了，可以先约好。"

　　我说："你现在在哪儿拆？"

　　大王说："在万华拆。"

　　我说："万华拆完了再来吧。"

　　大王舍不得走。我闲着没事，请他们进来看看也好。他进来了，抬望眼，仰天长叹，说我们家的木料都朽了，说跟旁边的宿舍屋一样，梁啦、栋啦都坏了。然后说，他愿意出三千二百块，只有地板木还勉强。

　　送走了大王和布套女郎，我才发现信箱里还有几张名片，原来拆屋中心、旧砖买卖老张、高价标购公司、搬家公司，都来过了。失迎。

　　这些日子，这条街的情景不同，闲杂人等往来频繁。收买酒矸、报纸的，仿佛也多了几十个。他们穿梭来往，徘徊不去，看门里出来一个人就点头打招呼，问有破烂没有。

自来水厂也来人了，拆水表的青年笑嘻嘻地说："拆了水表，随你用多少水都不算钱啦，多么好。"所以过了两天，我的女儿竟正式地向我提出抗议说："妈，你不应当因为自来水不要钱，就慷慨地叫阿秀把她家的衣服、尿布都拿来咱们家洗。"我说："你完全是神经过敏！她提来的是一桶洗好的衣服，借咱们家的脱水机脱水，这样的连阴天，尿布不干是最讨厌的事，我不能做做这种好事吗？"

要花的朋友也来了，他们问房子几时拆，然后说："把那棵茶花给我吧""我爱素兰""桂花还要搬过去吗""你们的牵牛花真不错"……那么我就说："龙吐珠也挖去吧，就是琼瑶的菟丝花""九重葛也砍一段去栽吧""黄花也拿去试试看"。花池都变成坑了，墙上爬的牵牛和黄花没了根，它们自己不知道，还在墙头上臭美呢！

母亲来了，她虽然老眼昏花，但是一进门就知道有什么事不对头了。"花儿呢？"她问。

"送人了！"这些花，原都是母亲的心血，是她几年来向人家要来的、市上买来的、亲自栽种的。她说我一点儿都不像我爸爸，爸爸无论工作多么忙，都要培植照顾花木，多么雅。我只会做自助餐请一些写诗的、写稿的来吃。有一年，一个年轻诗人来了，母亲就用台湾话大声喊："那个诗公来找你。"
诗人走了，我气得对母亲说："妈呀！人家是懂台湾话的，别
这么说，好不好？"妈妈说："我叫他诗公是尊称呀！"我的
丈夫如果说："我上无一片瓦，下无一寸地。"我的妈妈就怪我：
"挣的钱加起来够买两所房的吧，怎么花的！"我笑笑说："可
不是，连泰戈尔都说：'小草呀，你的足步虽小，但你有了你
足下的土地。'我不如小草。"好在妈妈没读过泰戈尔的《飞
鸟集》，她知道诗公，不懂得诗意。

现在，我把花儿草儿都送人了，等着母亲的责备。但是我
要先抢嘴：

"我们将来还不是搬到公寓的三楼四楼去，像您一样。难
道九重葛和牵牛花也带去种，顺着楼梯往上爬？"

"桂花树呢？"

"桂花树！阿姆斯特朗从月球回来，说没看见嫦娥，也没
看见桂花树。可见桂花树不宜上高，我不能带它们上三楼四楼
什么的。"

妈妈也不懂得月球的学问，就不再追究了。

我的美容师也来了。还是老样子，进门先找亮处，搬凳子，
把我安在最合乎她给我绞脸的位置。她说："我给你绞了十几
年的脸了，你的脸还是这样幼迷迷的，几时搬？给我写个地名。
南昌街小儿科的旁边巷子里的先生娘，搬到大龙峒，也还叫我

去给她绞脸。她的脸，现在光极了，从十天绞一次，到现在三个月才绞一次。你的大女儿呢？留洋的那个，现在没人给她绞脸了，有找到人家没有？……"

我答复不了这样多，告诉她，我的大女儿还没找到人家，因为，"你不是要给她做媒人吗？你不是说坡底下，第二条巷子里的开药店的太太，她的娘家有个侄子，那个办公的少年还没有娶吗？"

我的美容师说："现在不行了。留洋的要找留洋的，办公的少年，伊看不上了啦！"

"就因为你不给她做媒人，她才留洋的。"

我的二女儿回来了，我的美容师说："她的牙齿真美。"她不提要给她做媒了。

她临走时，又嘱咐我，"下次要在你的新搬的地方给你绞脸了，地名写给我吧！我会找得到的。"

街灯也不亮了，原来张家后墙外的那盏，高高地射对着我们的大门，现在是黯然无光，只有二十瓦的样子。如果换在往日，街灯坏了，我就会打电话到工务局路灯股，告诉他们，张秘书长墙外的灯坏了，请快来修理，很快的，一个大灯泡就换上了。我们一向得意于与大官为邻的好处，自从张先生搬到郊外去以后，这样的电话不便再打了，所以有一次，遇到张先生的时候，当他很关怀地问："老邻居，怎么样，还好吧！"我不得不说说"自君别后"的情况，张先生静静地听，讲到大灯泡，他哈哈大笑了，他说："快找房搬家吧！"

拆房与搬家，是我家近日最主要的话题。

标会

"只许成功，不许失败！"

他把写好的两张标纸交给我，为我披上大衣，再嘱咐一遍：

"见机行事，记住，必要的时候，拿出那张有'大'字的……还犹豫什么？看见宝宝烧得通红的脸蛋儿没有？没个千儿八百的，想想，能住进医院的病房吗？……"

我抱着"势在必得"的信念，朝赵太太家里走。

我想起三个月前赵太太来邀我"上一支会"时，曾对我多方讲解，而我仍不得要领，最后她给我下了这么一个定义，才算使我恍然大悟，她说：

"银行里的'零存整取'你总该明白吧？这不但是一种利息优厚的'储蓄'，急用时还可以有'透支'的好处。透支以后，也不过是'整借零还'。"

在这许多有利的条件下，终于我上了一支会。我是抱着"储蓄"的目的上的，现在为了急用，不得不做"透支"的措施。

我盘算着手里的两张标纸，一张是写了二十四元的小标子，算一算，这个会一共十五支，每支一百元，已经标过两次了，如果今天马到成功，被我标到的话，除了付出十一个人的利钱，还可以净得一千一百来块钱，足够宝宝住一次医院的了。就算不幸，要拿出那张写了三十四元的"大"字标纸来，也不过少得个百十块钱而已。为宝宝生病筹措金钱，虽是苦事，但对于以标会方式"透支"一下"储蓄"，我却以为是一种互通钱财的公平办法，我拥护这种办法！我不以为"上会"是不值得提倡的事！

说明三时开标，过时不候，我来到赵府还差一刻，正是时候。既不早，也不晚。赵太太对我讲过标会的门道，她说："你看吧，想标得的人总是七早八早就来了，而且还挺紧张的，无意要标的人才迟到！"

那么在我之前，已经有赵、钱、孙、李、周、吴几位太太在座了，她们难道都是想标到的吗？不，她们正悠闲地抽着烟，喝着茶，开着节育座谈会，都不像等钱用的样子。于是我也做出满不在乎的样子，拿出小号标纸，折好顺序排在桌上，然后加入她们的座谈会。

我的伪装悠闲，使我又想起赵太太说过的话："写大标子的人才不露相！得沉得住气。"那么这几位表面悠闲的太太们里面，就敢保没有跟我一样"势在必得"的？想到这儿，我蓦地站起来，从手提包里掏出我那三十四元的老"大"来，走到桌前，把那小号的标纸换回来，这才放了心。看看表，还差十分钟，还有几位太太没到，八成是不想标的喽！

我正希望人越少越好，这时又来了郑、王两位太太，她们进门就喊："可别开标呀！这儿还有没写的呢！"

我的心一跳动：来了真正要标的了！

只见郑太太掏出笔和标纸来，一边下笔，一边笑着说："我今天是非标到手不可呀！"

"你？我也是势在必得呢！"王太太口气更坚决。

势在必得？这屋子里除了我以外，到底还有几个势在必得的？这倒值得我再考虑一下了。于是我伸手出去，又从桌上把我的标纸拿回来。"名字忘记写了。"我向大家笑笑，掩饰着。看看表，还有五分钟了，我得赶快决定标子打算再加高多少钱。

这时玻璃门响，急急风上场，又来了两位太太，这位冯太太高声喊：

"标了会，好过个松快年儿！"

另一位陈太太说：

"谁不是等钱取大衣呀！"

是起哄还是真的？有几位太太也学着我，把她们已写好的标纸拿回来装模作样地在修改。那位张牙舞爪的钱太太说：

"我看今天呀，没四十块钱是写不下来的呀！"她说完，眼睛瞟了我一下，又冲着孙太太挤挤眼："你说对不对？"

孙太太说："我看四十块钱都未必写得下来！"她也拿回标纸，做着涂改的样子。

这些人的口气真能压死人，如果四十块钱都写不来，我那三十四元又算老几呢？我想，无论她们怎么等钱用，都没有我的家里躺着高烧的宝宝更重要吧。于是我略加思索，立刻把标纸上的"三"字加上一大直一小直，变成五十四元啦！

开标了，我的心剧烈地跳动着，天佑吾儿，可别有人超过五十四元呀！

会头赵太太在逐个念着标纸上的钱数了：十元的，八元的，十五元的，十三块八角的，五元的，一元五角的，二十元五角的，……"五十四元！夏太太的！"赵太太加重语气地喊。

"哈喝喝！""嘻哈哈！"……一阵爆裂性的笑声跟随在"五十四元"的喊声之后。我也高兴得大声笑了，我笑的是——五十四元，我标到了！我到底标到了！我要赶快回家告诉他：孩子住医院没问题，因为我标来了！但别人笑的是什么？我环视众人，她们都看看我，指着我，在笑。

这时赵太太走过来，拍拍我的肩膀说：

"今儿个怎么啦？太太！写冒出去啦！"

"冒出去了？"我还不太明白这句术语。

"冒出去三十多块！人家顶多才写二十块五毛呀！"

忽的，我的脸烧红了起来，这回我明白那爆裂的笑声是为了什么——她们在看一个傻瓜写"冒出去"的笑话！

王太太说势在必得，她只写了五元。要取大衣的那位，写了八元。姓钱的说非四十元写不下来，她可写的是一元五角！她们倒是存的什么心？

在她们每位的身上，我投下了五十四元的高利，换来的却是一场嘲弄、谎言、骗诈、虚伪。我想起有一本世界名著的书名，最切合我当时的心情：《被侮辱与损害的》！我回忆刚才这短短十五分钟的经过，它竟使我白白地费了三百多块钱，我不免惊异，并且想起了那潦倒一生的吉辛在《四季随笔》里的一句话：

"使我颤抖的浪费！"

但无论如何，八百零六块的会款是握在我手里了，我们可以理直气壮地到医院去。当我回家把标到的消息告诉他时，他也很高兴："多少钱标来的？是二十四还是三十四？"

"全不是，是五十四。"我平心静气地告诉他。

"五十四？你是说你写了五十四块钱的标子？"我知道他会被这数字吓倒，便把准备好的谎话搬出来：

"年底下啦！知道不知道？亏得你告诉我见机行事，有人写五十三块五毛呐！差五毛钱，多险！"为了分散他对这件事的注意力，我不再多说，我叫他赶快去喊车，我给宝宝穿衣服。

"三轮车！台大医院！"

到底有了钱，那飘荡在寒流天空下的声音，是显得如此深沉而雄壮！

窃读记

转过街角，看见三阳春的冲天招牌，闻见炒菜的香味，听见锅勺敲打的声音，我松了一口气，放慢了脚步。下课从学校急急赶到这里，身上已经汗涔涔的，总算到达目的地——目的可不是三阳春，而是紧邻它的一家书店。

我乘着慢步给脑子一个思索的机会："昨天读到什么地方了？那女孩不知最后嫁给谁？那本书放在哪里？左角第三排……"走到三阳春的门口，便可以看见书店里仍像往日那样的挤满了顾客，我可以安心了。但是我又担忧那本书会不会卖光了？因为一连几天都看见有人买，昨天好像只剩下一两本了。

我跨进书店门，暗喜没人注意，我踮起脚尖，使矮小的身体挨蹭过别的顾客和书柜的夹缝，从大人的腋下钻过去，哟，把短发弄乱了，没关系，我到底挤到里边来了。在一片花绿封面的排列队里，我的眼睛过于急忙地寻找，反而看不到那本书的所在，从头来，再数一遍，啊！它在这里，原来不是在昨天那位置了。

我庆幸它居然没有被卖出去，仍四平八稳地躺在书架上，专候我的光临。我多么高兴，又多么渴望地伸手去拿，但和我的手同时抵达的，还有一只巨掌，五个手指大大地分开来，压住了那本书的整个：

"你到底买不买？"

声音不算小，惊动了其他顾客，全部回过头来，面向着我。我像一个被捉到的小偷，羞惭而尴尬，涨红了脸。我抬起头，难堪地望着他——那书店的老板，他威风凛凛地俯视着我。店是他的，他有全部的理由用这种声气对待我。我用几乎要哭出来的声音，悲愤地反抗了一句：

"看看都不行吗？"——其实我的声音是多么软弱无力！

在众目睽睽之下，我几乎是狼狈地跨出了店门，脚跟后面紧跟着是老板的冷笑："不是一回了！"不是一回了？那口气对我还算是宽容的，仿佛我是一个不可以再原谅的惯贼。但我是偷窃了什么吗？我不过是一个无力购买，而又渴望读到那本书的穷学生！

曾经有一天，我偶然走过书店的窗前，窗里刚好摆了几本慕名很久而无缘一读的名著，欲望推动着我，不由得走进书店，想打听一下它的价钱。也许是我太矮小了，不引人注意，竟没有人过来招呼，我就随便翻开一本摆在长桌上的书，慢慢读下去，读了一会儿仍没有人理会，而书中的故事已使我全神贯注，舍不得放下了。直到好大工夫，才过来一位店员，我赶忙合起书来递给他看，像煞有介事地问他价钱，我明知道，任何便宜的价钱对于我都是枉然的，我绝没有多余的钱去买。

但是自此以后，我得了一条不费一文读书的门径，下课后急忙赶到这条"文化街"，这里书店林立，使我有更多的机会。

一页、两页，我如饥饿的瘦狼，贪婪地吞读下去，我很快乐、也惧怕这种窃读的滋味！有时一本书我要分别到几家书店去读完，比如当我觉得当时的环境已不适宜我再在这家书店站下去的话，我便要知趣地放下书，若无其事地走出去，然后再走入另一家。

我希望到顾客正多着的书店，就是因为那样可以把矮小的我挤进去，而不致被人注意。偶然进来看看闲书的人虽然很多，但是像我这样常常光顾而从不买一本的，实在没有。因此我要把自己隐藏起来，真是像个小偷似的。有时我贴在一个大人的身边，仿佛我是与他同来的小妹妹或者女儿。

最令人开心的还是下雨天，感谢雨水的灌溉，越是倾盆大雨我越高兴，因为那时我便有充足的理由在书店沐下去。好像躲雨人偶然避雨到人家的屋檐下，你总不好意思赶走吧？我有时还要装着皱起眉头不时望着街心，好像说："这雨，害得我回不去了。"其实，我的心里是怎样高兴地喊着："再大些！

再大些！"

　　但我也不是个读书能够废寝忘食的人，当三阳春正上座，飘来一阵阵炒菜香时，我也饿得饥肠辘辘，那时我也不免要做个白日梦：如果袋中有很多钱该多么好！到三阳春吃碗热热的排骨大面，回来这里已经有人给摆上一张弹簧沙发，坐上去舒舒服服地接着看。我的腿真够酸了，交替着用一条腿支持另一条，有时忘形地撅着屁股依赖在书柜旁，以求暂时的休息。明明知道回家还有一段路程要走，可是求知的欲望这么迫切，使我舍不得放弃任何可捉住的窃读机会。

　　为了解决肚子的饥饿，我又想出一个好办法，临来时买上两个铜板（两个铜板或许有）的花生米放在制服口袋里。当智慧之田丰收，而胃袋求救的时候，我便从口袋里掏出花生米来救急。要注意的是花生皮必须留在口袋里，回到家把口袋翻过来，细碎的花生皮便像雪花般飞落下来。

　　但在这次屈辱之后，我的小心灵的确受了创伤，我的因贫苦而引起的自卑感再次地犯发，而且产生了对人类的仇恨。有一次刚好读到一首真像为我而写的小诗时，更增加了我的悲愤，那小诗是一个外国女诗人的手笔，我曾抄录下来，贴在床前，伤心地一遍遍读着，小诗说：

　　　　我看见一个眼睛充满热烈希望的小孩，

在书摊上翻开一本书来，

读时好似想一口气念完。

开书摊的人看见这样，

我看见他很快地向小孩招呼：

"你从来没有买过书，

所以请你不要在这里看书。"

小孩慢慢地踱着叹口气，

他真希望自己从来没有认过字母，

他就不会看这老东西的书了。

穷人有好多苦痛，

富的永远没有尝过。

我不久又看见一个小孩，

他脸上老是有菜色，

那天最少是没有吃过东西……

他对着酒店的冻肉用眼睛去享受。

我想着这个小孩的情形必定更苦，

这么饿着，想着，这样一个便士也没有。

对着烹得精美的好肉空望，

他免不了希望他生来没有学会吃东西。

我不再去书店，许多次我经过文化街都狠心咬牙地走过去。

但一次、两次，我下意识地走向那条熟悉的街，终于有一天，求知的欲望迫使我再度地停下来，我仍愿一试，因为一本新书的出版广告，我从报上知道好多天了。

我再施惯技，又把自己藏在书店的一角。当我翻开第一页时，心中不禁轻轻呼道："啊！终于和你相见！"这是一本畅销的书，那么厚厚的一册，拿在手里，看在眼里，都够分量！受了前次的教训，我更小心地不敢贪懒，多串几家书店更妥当些，免得再遭遇到前次的难堪。

每次从书店出来，我都像喝醉了酒似的，脑子被书中的人物所扰，踉踉跄跄，走路失去控制的能力。"明天早些来，可以全部看完了"，我告诉自己。想到明天仍可以占有书店的一角时，被快乐激动得忘形之躯，便险些撞到树干上去。

可是第二天走过几家书店都看不见那本书时，像在手中正看得起劲的书被人抢去一样，我暗暗焦急，并且诅咒地想：皆因没有钱，我不能占有读书的全部快乐，世上有钱的人这样多，他们把书买光了。

我惨淡无神地提着书包，抱着绝望的心情走进最末一家书店，昨天在这里看书时，已经剩下最后的一册，可不是，看见书架上那本书的位置换了另外的书，心整个沉了下来。

正在这时，一个耳朵架着铅笔的店员走了过来，看那样子是来招呼我的（我多么怕受人招待！），我慌忙把眼睛送上了书架，装作没看见。但是一本书触着我的胳膊，轻轻地送到我的面前：

"请看吧，我多留了一天没有卖。"

啊，我接过书害羞的不知应当如何对他表示我的感激，他却若无其事地走开了。冲动的情感，使我的眼光久久不能集中在书本的黑字上。

当书店里的日光灯忽地亮了起来，我才觉出站在这里读了两个钟点了。我合上最后一页——咽了一口吐沫，好像所有的智慧都被我吞食下去了。然后抬头找寻那耳朵上架着铅笔的人，好交还他这本书。在远远的柜台旁，他向我轻轻地点点头，表示他已经知道我看完了，我默默地把书放回书架上。

我低着头走出去，黑色多皱的布裙被风吹开来，像一把支不开的破伞，可是我浑身都松快了。摸摸口袋里是一包忘记吃的花生米，我拿一粒花生送进嘴里，忽然想起有一次语文老师鼓励我们用功的话：

"记住，你是吃饭长大，也是读书长大的！"

但是今天我发现这句话还不够用，它应当这么说：

"记住，你是吃饭长大，读书长大，也是在爱里长大的！"

高处不胜寒

五年前搬离多年旧居的地方，来到这高楼林立的东区时，曾为文小记，其中有一段，我说：

搬到哪儿去？在这都市里，终不免要加入高楼大厦的行列了吧，亲友们都搬到这种地方了。高楼大厦有许多好处：没有浪费的建筑，没有蟑螂，没有老鼠，没有灰尘，没有漏雨，没有人来推销肥皂，没有人来哭求他只差一张回南部的火车票钱，没有……是的，我都知道，但是你忘记了一样，它也没有个性！加入到那没有个性的高楼大厦行列去吧！

就这样，我对即将拆除的二十年旧居，瞥下了最后的一眼，向我的邻居三八太太、大嗓门、邻长太太、宗记小店、咪样、诺诺、小妹……——告别后，住到这出入皆是电梯的高楼里来了。

首先认识的，是洛阳女儿对门居，因为说起来是辗转熟人，还有得话说，可惜她们母女常年居留外国，这里倒像别墅，所以一年难得数见。其他上上下下的邻居，只靠电梯间见面。

记得中国北方，邻居见面会说声，"你吃了吗？"现代人会说声，"早！"或"你好！"外国人会说声，"嗨！"我在这里却都用不着。最初我在狭处相逢的电梯里，看见某楼的太太，连忙笑脸相迎，想张嘴招呼一下，谁知对方却紧绷着脸，视若无睹，我也只好把笑容收敛，两个人冷冰冰的，肩并肩出了电梯门。这样的太太，倒也有几个。男人的情形也不见佳；有一次我和女儿进入电梯后，看见大门外有位先生也进来了，便按住钮等待他，谁知他进了大门竟爬楼梯去了！他明知我们在等他，即使要减肥爬楼梯，也可以微笑扬手表示个谢意呀。常在电梯里抽雪茄的那位先生进来了，左右手提着物品，女儿连忙问他，"你几楼？"他说："×楼。"他到了×楼，只管老爷般地出电梯，连用个微笑代替道谢的表情都没有。再下一次，据小女儿说，又碰见他了，他仍然是左右手提满东西，这次小女儿头往上抬，两眼上了天花板，究竟他是怎么按的电梯按钮，她就不管了。唉！小女儿竟也变得这么冷酷无情了。

屈指算来，搬到高楼来，已经将近五年了，有些邻居虽然可以互通问好，有些却一直保持冷面孔，有些居然没见过。这怎么能不让我怀念老屋的木板墙、墙上的壁虎、地板上的蟑螂、地板下的老鼠，连邻居的椰树上，那只按时向我们叫唤的白头翁，和隔着板墙问我要不要买菠萝的三八太太。

第五部

甲子的同学会

但是她太老实了，虽然生了两个儿子，却仍然要受制于旧家庭，她不敢反抗，逆来顺受惯了嘛！委委屈屈地病死了。

捞鱼的日子

　　捞鱼的日子是夏天，晚饭后，在张秘书长墙外的街灯下有一个大木水槽，围蹲着七个小女孩；余家来了四个，夏家有三个，每人右手拿个纸网子，左手捏着小额钱币。把纸网子捞破了，小额钱币花光了，再回家来要。家里的两对爸妈正聊得高兴，不希望小孩子打扰，让夏家的大姐姐发发好心，带领着小妹妹们，再拿一叠小额钱币，去玩捞鱼吧！有时候街灯坏了，没有亮，怎么捞鱼？夏妈妈就拨一个电话给市政府的路灯科，说："喂，我这里是张秘书长公馆，后墙外的路灯坏了。"这样说了，就会有人立刻来修，快得很！大家都笑起来，夏妈妈说："我并没有说错呀！本来就是张秘书长墙外的路灯嘛！"

　　捞鱼的日子，说来是二十年前的事了。光中家住厦门街，离我们的重庆南路三段很近，晚饭后散散步就到了。天南地北地聊一个晚上，喝喝茶，吃点儿零食，非常的轻松。我现在简直想不出，为什么那时候会过得比现在轻松，现在上哪儿找这种"潇洒"的日子！

光中是诗人，我一向敬佩诗人的文笔，他们写其他文章，用字也一样简练。尤其光中，你想在他的文章里挑一个不妥当的字眼儿、句子，是不容易的。几乎有三十年了，我和光中虽是文友，但我们相处的位置，常常他是作者，我是编辑，他的许多诗稿、文稿、翻译稿，都是经过我的编辑台的；接到他的作品，总是先欣赏一阵他的书法，再看内容。近年来我看许多编辑先生索性直接把他的原稿制版印在副刊上，这样会让那天的版面更美化。

光中因为文字运用得讲究，所以他对于现在许多白话文章的"不讲究"，颇不以为然，例如过分的欧化句子，或者过多使用"的"字什么的。他最近曾专为此写一文，我读了后对他说："我发现我的大白话就犯了你说的毛病，呢呀吧啦的，我用得太多了。"是真的。

记得有一个捞鱼的日子，光中一进门坐下来就说："你们有没有过这种经验……"然后他说他曾经在文章中把自己说的话，故意加上帽子说"古哲学家说"如何如何，后来居然有人在文章中也说"古哲学家说"如何如何，把他说的话照抄上。他说完我们都笑了，我说你太淘气了，这件事光中也许自己都不记得了。

光中对于住了三十多年的厦门街长巷，有一份浓厚的感情。

其实当厦门街附近的许多街道如汀州街、同安街、和平西路等都扩展成为大马路时，厦门街，尤其是他所住的这条长巷，就显得更狭窄。每次乘车到他家，稍一疏忽，就会走过头，而且车进窄巷也怕对面来车，可是他毕竟在这里写下了他大部分的作品的，所以他的文章和诗作，屡次以"厦门街"为题，对这日渐落在人后的长巷，寄以深厚的感情。而我写这篇小文，则是看七个捞鱼的女孩，如今有的为人妻、为人母、为人师，在高兴她们的成长中，不免也有些"年华老去"的伤感。

"凌迷"

去年五月曾有西欧之行，到了英国才想起来，临行匆匆，没有向人打听一下，多年未通消息的凌叔华女士可还在英国？住址又在哪儿？既然未做准备，也就不便临时打听，跑去打扰了。

凌叔华是我中学生时代就心仪的作家。她的作品并不多，短篇小说不过是《花之寺》《小哥儿俩》等数本，却都印象深刻。我常常想，我写小说，无意中有没有受了凌叔华作品的影响？一九六七年编《中国近代作家与作品》时，开始就列入了她的短篇小说《绣枕》，并且请苏雪林先生写了一篇《凌叔华其人其事》，因为她们当年在武汉大学教书时，和另一位女作家袁昌英，被称为"珞珈山上三剑客"呢！

凌叔华自从到外国以后，就没再写小说，专从事艺术研究。没想到一九七〇年六月初，徐钟佩从西班牙寄来一信，内附凌叔华的一篇短剧《下一代》，说是给《纯文学》月刊的，我真是又惊又喜，凌叔华那么久没有文艺创作了，我何其荣幸能刊登她在台湾的第一篇作品呢！更令人兴奋的是，跟着她到台湾参加中国古画讨论会。我和另一当年"凌迷"（不是"波迷"）张秀亚便相偕直奔中山楼，在一两百人的茶会中，去寻找凌叔华。

秀亚比我迷得更积极，她在初中三年级的时候，就自己从天津坐火车到北京去找凌叔华。当天在凌家吃了晚饭，累得在饭桌上就要睡着了；后来凌叔华让这位可怜可爱的小女生在床上休息一下，谁知她和衣而卧，一觉醒来，天已大亮，是第二天早上了。

我们还有谢冰莹先生，终于找到了凌叔华。谢冰莹首先问："十年不见了，认识我吗？"凌叔华竟愣了半天没认出来，等到说明后，她才拉着谢冰莹的手说："你瘦了好多啊，我简直认不出来了！"——谢冰莹赶快又给我介绍，凌叔华很高兴地说："我真高兴看见你们。"我们大伙儿就围着凌叔华谈话，对于秀亚当年的那段，几十年后她再做补充说，那晚还是她的妈妈替秀亚脱了鞋的呢！

《下一代》在一九七〇年七月的《纯文学》刊出，是一篇借对话形式写出侨居海外三代的思想，虽然没有什么曲折的故事，却说出了剧中人的思想、背景和行动，该是凌叔华旅居外国多年的体验。自从十三年前中山楼一别，她就没有再回来过，最近向苏雪林先生问起她可知道凌叔华的近况，苏先生来信说："凌叔华是个惜墨如金的人，一年只和我通一次圣诞新年卡，附寥寥数语算是信。她比我年轻些，现在一个人住，但身体健康，可以照顾自己。她只有一个女儿，住得相当远，不常回来看她。"

《联副》三月间曾刊吴鲁芹先生的《弗吉尼亚·吴尔芙与凌叔华》，详细地写出了这二人当年通信的经过，文中提及凌叔华于一九五三年在英国出版英文自传《古调》，说在台湾恐怕没有几个人曾看过这本书，其实书一出版凌叔华就给苏雪林先生寄了一本，苏先生在《凌叔华其人其事》中曾写说：书一到（苏译书名为《古韵》）就被当年武大一个学生借走，一去不还；因为借书人后来一病不起，她不好意思再向作者要。不久见报刊中有人翻译了几篇，非常有趣，谁知那位译者译了几篇，就没再继续。她很失望，曾写信请凌叔华自己译，可以在台湾出版，可惜凌叔华说太忙，将来再说，而鲁芹也说连英文的在英国都买不到了，可是我们是如何盼望读到中文本啊！在鲁芹那篇大文中，我曾提供一张我在中山楼所拍摄的凌叔华，笑容满面。

"雅舍"的主人

　　三月底舒乙先生（时任北京中国现代文学馆副馆长，老舍的儿子）来一信说："春天已至，我要出门到湖北、四川、山东转一圈儿，大概半个月。"他回来后，我才知道，他是带领一个日本教授组成的"老舍之旅"访问团，他做向导，大概足迹遍及他父亲老舍先生生前所曾居住的地区，所以才请他做向导。谁知此行更大的收获却是证实并访问了梁实秋先生那有名的"雅舍"所在地。

　　我赶忙给他写信说，梁实秋先生的《雅舍小品》一书在台湾畅销并长销数十年，谁都读过《雅舍小品》，而且有些茶艺馆还起名"雅舍"呢！请他务必写篇文章把找到雅舍的经过说说，有照片最好。舒乙很快就写了《我找到了"雅舍"》一文寄来，并附照片两张。现在的雅舍，墙剥顶破，石灰粉涂涂抹抹的，阶缺砖陷，不成个样儿，不知当年的雅舍是如何的雅法，令人不禁沧桑之感。

一边读舒乙之文，一边也勾起了我的回忆，那可敬可爱的一对夫妇，尤其是梁夫人程季淑女士（大家都公称她梁师母，不管是否做过梁先生的学生），是位令人敬重的贤妻良母，她心细谦和，待人和蔼。我在主编《联合副刊》时认识实秋先生，每次邀稿都蒙他亲自书写文章寄来。他们在安东街的"雅舍"，直到他们夫妇移民美国前，我和文友是常客。院落宽大，种植的花木甚茂密，房子也是他们自己设计建造的。梁师母喜花卉，会种芍药。每去都先经过花径欣赏一番再进入客厅。

在他们的女儿文蔷留洋后，二老寂寞，实秋先生心疼夫人，最喜我们去他家。我记得孟瑶在台中教中兴大学，每逢北来，必邀我和聂华苓到梁家去陪梁师母打场小牌，由我打电话给实秋先生，他接到电话就会对梁师母说："晚饭改戏，一会儿海音要来！"原来梁师母的"小把儿抻面"是我最喜欢吃的，所以每逢我要去，所谓"改戏"就是晚饭改换吃抻面条了。

我们四个人坐上牌桌，实秋先生在一旁伺候牌局，热茶、冰水、咖啡、点心，一边端来，一边开大家玩笑。有一次我喝了一杯咖啡，竟害得三十六小时没睡觉！我们玩得起兴，梁先生便也静静地到书房写作。这样的日子恍如昨日。

　　梁先生的《雅舍小品》，可说是中国散文小品的经典之作，我早在一九五〇年来台湾不久就读到了，那时还不认识梁先生，我翻看一九五〇年三月某日的读书笔记，有一段是专为读此书所写的，还加了个题目叫《雅舍主人谈病》，现在重读还令人忍俊不禁？当天我的笔记如下：

　　病原是痛苦的一件事，可是在梁实秋先生的笔下，却发生了趣味：

　　我最近一次病，病情相当曲折，叙述起来要半小时，如用欧化语体来说，半小时还不够。而来看我的人是如此诚恳，问起我的病状便不能不详为报告，而讲述到三十次以上时，便感觉像一位老教授年年在讲台开话匣子那样单调而且惭愧。我的办法是，对于远路来的人我讲得要稍微扩大一些，而且要强调病的危险，为的是叫他感觉此行不虚，不使过于失望。对于邻近的朋友则不免一切从简、诸希矜宥！有些异常热心的人，如果不给我一点什么帮助，一定不肯走开，即使走开也一定不会愉快。我为使他愉快起见，口虽不渴也要请他倒过一杯水来，自己做"扶起娇无力"状。有些道貌岸然的朋友，看见我就要脱离苦海，不免悟出许多佛门大道理，脸上越发严重，一言不发，愁眉苦脸。对于这朋友我将来特别要借重，因为我想他于探病之外还适于守尸。……

这是梁先生的《雅舍小品》中的一段，在出版界贫乏的今天（音按：一九五〇年），实在是可喜的一件事。这本包括三十四篇小品文的集子，是梁先生从一九三九年抗战期间在北碚住在雅舍的时候写起，陆陆续续，一直到胜利后的作品。作者笔锋轻松、幽默，身边琐事，一经点染，便成妙谛。令人有不能释卷的感觉。

读者看了上录的一段文字，再想起自己病时，探病的亲友的表情，一定会哑然失笑，觉得作者描写入微。中国病人对于报告病情素来是一种重大负担。每个探病者来"临床"，研讯一番，病人一一据实陈报，这样不分昼夜的恳谈，正如俗语说的"日尽千言，不损自伤"，终于把体温说高了，有希望使"吊者大悦"才了事。

从前美式的北京协和医院对于探病者限制太严，就很不受中国人的欢迎，因为对亲友有病不探望是失礼的，对探病的人不招待也是失礼；探病的人没有谈尽兴就往外轰更不成话。所以洋鬼子立的规矩把中国固有的人情美都毁了，真是岂有此理。倒是过去台大附属医院的日本规矩好，病房里可以杀鸡沽酒、埋锅造饭，那有多方便！

所以，究竟西方人不是东方人，白种人不是黄种人！

以上所引是一九五〇年我的读书笔记，现在的《雅舍小品》

已多年未读，不知内容加印了多少，我不过读舒乙之文，引起
我写这篇小文。舒乙在寄稿时附一信中有句，"雅舍问题正引
我写这篇小文。舒乙在寄稿时附一信中有句，还需要升温！"那就请读者热心在

秋游狮头山

到了我的家乡头份，狮头山已近在眼前。几次还乡堂兄弟们都邀我上山一游，可是每次都因为家事羁身，不得不匆匆赶回台北。去狮头山的心愿已经许下三年了，这次因为难得遇到两个假日连在一起，我们正在盘算如何打发时，恰好今春阿里山的游伴蔡先生夫妇来邀游狮头山，同行还有朱先生夫妇。还愿的机会从天而降，自然欣然应允。

早晨八点坐轻便的旅行汽车出发，由台北到狮头山山口，有平坦宽阔的公路可通。尤其是从台北大桥到桃园的一段，完全是沥青路面，两旁是整齐的树木，汽车以每小时三十五公里的速度前进，真像离弓的箭一样。一路上树木浓绿，是盛夏的感觉，但是二熟稻金黄黄的，又是深秋景象了。

十一点到了狮头山山脚，前面已经排满了游客的汽车，这里处于台北和台中的中间，我们估计从台中、彰化甚至嘉义来的客人不会比台北更少。有旅行经验的蔡先生说："衣食住行，我们还是先解决住的问题吧！"说完之后他当先而走，我们追随在后，顾不得玩赏风景，一路上抛落那些漫步的客人，似乎神行太保绑上马甲，气喘吁吁，只顾赶路。但觉得在树荫浓密的山路上，阴冷幽暗，踩着长满苔藓的石阶，步步要当心。

这样走了约半小时，便看见紫阳门——上山来的第一个建筑。进了紫阳门走不远，便是劝化堂了。当劝化堂的和尚告诉我们，他们这儿和再上面的开善寺的客房都被订一空时，我们只好拔脚便走，连庙的样子都没有细看。到了狮头山最高处的狮岩洞，一个和尚迎在庙前说，今天晚上有八十客人订了所有的客房，我们这时才感觉事情的严重。这时丈夫忽然指着和尚身后门上的对联"仙游至此何妨少驻"对他说："你们既是说'何妨少驻'，为什么弄得我们无处可住呢？"朱先生也说："这副对联应当改成'先来先住'，我们是先来的，便先住下吧！"在交涉的时候，恰好灵霞洞的住持"云游到此"，本我佛慈悲之心，答应给我们一个容身之地，我们便跟着他直奔灵霞洞。

从狮岩洞再走下去是下坡路，这时候已经十二点多，虽然饥肠辘辘却也顾不得许多，经过海会庵到灵霞洞，决定女客住在尼姑房里，男客在大雄宝殿上搭铺，才算解决了住的问题。

吃过午饭，把旅行包安置好，我这才先从所住的庙注意起。原来狮头山上的庙宇多半是就天然岩石凿建，庙身建在石洞里，灵霞洞里便有一副对联形容说，"仙去有踪留片石，洞空无物剩闲云"。这些庙都称不起堂皇，灵霞洞尤其简单。去过普陀、灵隐或北京大庙的人，都不免有此感觉。不过台湾的庙宇有个特点，便是尼姑和尚同住一庙，灵霞洞的法定住持便是率领着一班比丘尼在修行。招呼我们的是一个惹人怜爱的年轻女尼，她可以说客家话、闽南话、普通话和日本话，我们觉得她如果在尘世上也必不凡，不知道为什么要做清苦的出家人。我起初猜测她可能是被家人许愿送来的。谁知晚上当她铺被的时候，在我们盘问出家经过下，她竟含笑回答说：她是五年前自愿来此出家。我对着这位赤足秃顶穿着灰布短衲的圣洁女尼，把我们世俗的生活和她的苦修比，只有叹服她的道心坚定了。

午饭后，我们正式出发游览，决定先逛后山，明天下山再顺路逛前山。

从灵霞洞再向下去，走过几段石阶，便到了金刚寺。寺也是依岩石而建，庙顶的岩石上是茂密的竹林，风景很好，不过因为游客常常是走到山顶的海会庵便因疲乏而折回，因此后山我佛便略显得有些寂寞了。

由金刚寺向万佛庵走下去转几个弯，眼前豁然开朗，使人心胸通畅。原来我们从山脚一路上来，走的多半是阴暗的山径，到这里极目四望，左面是冈峦起伏，尽入眼底，右面的群峰却在云烟缥缈中，前后都是随山势起伏的小道，可以看见鱼贯而行的红红绿绿的游客，听见他们的笑语声。我站在这里看得发呆，同行的人笑我无力前进，哪里知道我正注视远山一朵不动的白云呢！

万佛庵大概是全山最干净的一座庙了，窗明几净，一尘不染，更难得的是，两间新修的客房全空着，我们后悔没有多走几步"到此少驻"。老师太送过清茶，我和她套同乡，才知道这里一位女尼还是我家的远亲。老师太说得高兴，引我到佛像前，她教我合十念过阿弥陀佛后，打开佛龛下的小门，从里面舀出一杯清凉的泉水给我喝，说是"圣水"，喝了可以抱儿子。原来万佛庵也是依山岩而筑，有一股极细微的泉水从石罅流出来，正好在佛像下面，建庙时候筑贮水小池，随时可以取饮。

在万佛庵休息后，本来还可以再向下走到最后的水濂洞，不过这时已经暮色苍茫，而且据一路喘着气、浑身汗透的游客说："逛逛虽然好，回来不得了！"我们便决定不去了，用蔡先生的说法就是："留一个地方不去，好引起再来的念头！"

回到灵霞洞吃过素斋，洗一个热水澡，原想到庙外赏月，可惜霾云四布，月亮在云里钻出钻进，山径又是黑黝黝的，而且灵霞洞的几盏自磨电灯八点就要熄灭，我们便在七点钟统统钻进了被窝。

第二天早晨循原路下山，休息一夜以后觉得脚下轻松了许多。一路上仔细玩赏山景，听泉水淙淙，看远山含黛，俯视山下，是稻田阡陌和一条从万山丛中流出的小溪，沿着山脚蜿蜒而下不知所终。从狮岩洞向下走去，有一处耸立的峭壁，是狮头山著名的伟观。石壁上刻"南无阿弥陀佛"和"即心是佛"几个大字，还刻有一首诗是："山色苍苍耸碧天，烟波江上送渔船，诗情好共秋光远，洞壑钟声和石泉。"游客题名，更是拥挤不堪。

一路到了开善寺，算是全山最大的庙了，贴着瓷砖的立柱和墙，干净是干净了，只是不免令人想到浴室的意味。倒是寺外的一品红盛开，真够动心夺目。由开善寺到了劝化堂，听见的是一片钟磬木鱼应和着和尚们的早课诵经声。从劝化堂到山脚，竹林幽径，离山口一百多石级的地方，就是使山得名的"狮头山"。这块石头要从石阶上往下看，才看得清它像一个伸出的狮头的侧面，石上藤蔓低垂，正好形成了它的毛发胡须。

狮头山并没有我想象中的高峻，庙寺的建筑也不够惊人。但是山径曲折，天然风景优美，自有她的情趣，这便要游山人自己去体会的了。

访母校·忆儿时

　　我的小学母校是在大陆的北京，地址在和平门外厂甸，简称厂甸师大附小。北京的师范大学，有附属中学和附属小学，在同一区域，是文化古都北京有名的校区。我第一次返第二故乡北京，访母校附小是一九九〇年五月的事。一群夏家的子侄陪我一道去，因为他们也都是附小毕业的，就连他们的子女，现在也都在附小读书，是一家三代的母校了。

　　校园还是老样子，从校门进去，是环抱两条斜坡的路，因为校园比大街高出许多。上了坡，眼前显现的是广大校园前部，一年级的教室仍在左手边！脑海里立刻浮现出下雨天我上课迟到，爸爸给我送衣服来的情景，那已经是六十多年前的事了。前方对面望去，有一排房子，当年是专为男生上课的劳作教室。旁边还有两个窗口的房子，是排队买早点的地方。

　　我记得那时我的门牙掉了，吃起东西来抿着嘴，吃烧饼麻花也一样，又难看又不舒服。北京的小孩子掉了门牙，大人见了常会开玩笑说："吃切糕不给钱，卖切糕的把你门牙摘啦？"切糕是一种用黄糯米粉和红枣、芸豆、白糖蒸出来的糕，像我们台湾的萝卜糕一样大，人人都爱吃。

从校园向右往里走，经过二年级教室、花圃，穿过大礼堂、音乐教室，豁然一亮，就到了大操场和右手一排依旧是临街墙的老楼房教室，操场也还和从前一样，有滑梯、秋千、转塔等。想到我那时从前面的一、二年级升到后面的三、四年级，升高长大，心中好不得意。转塔、秋千、滑梯是我的"最爱"！

进到楼房廊下，看见一间教室的外墙上，钉着一个牌子，上面横写着三行字：

邓颖超同志
一九二〇年至一九二一年
曾在此教室任教

看起来很亲切，可见他们对邓颖超女士的敬重。她是周恩来同志的夫人，一对模范夫妇，他们生活简朴，一向喜爱收养抚育孤儿，非常有爱心，所以受人敬重。前些时（七月十一日）邓女士以八十八岁高龄于久病后故去，我们也一样的悼念她。

校园没有变动，这栋楼房也是我在三、四年级上了两年课的地方。上下课的时候，钟声一响，群生奔向楼梯，木板被踩得咚咚响，我现在还好像听到吵人的声音。

校园的最后面，也就是楼房的右边，原有一排矮屋，是缝纫教室和图书室，但是现在却没有，许是太陈旧矮小被拆除了吧！但是我在这儿却有着难忘的生活。女生到了三年级就要到这间教室学针线。这屋里有两张长桌和一排靠墙的玻璃橱，橱里摆着我们的成绩——钩边的手绢、蒲包式婴儿鞋、十字刺绣，等等。教室的另一头是图书室，书架上是《小朋友》、《儿童世界》杂志，居然还有很多商务印书馆出版的林纾、魏易用浅近的文言所翻译的世界名著，像《基督山恩仇记》《二孤女》《块肉余生记》《劫后英雄传》等等，我都囫囵吞枣地读过，可见得当我白话文还没学好的时候，已经先读文言的世界名著了，奇怪不奇怪！

在后面绕了一圈，又回到前院去，到我二年级的教室前拍了一照，因为它仍是当年我上课的教室，没有变动。我忽想起我上二年级的糗事，算术开始学乘法，我怎么也不会进位，被班主任王老师用藤教鞭打了几下手心，到今天还觉得着愧脸热。

今天走到这儿，拍了照，我忽然对晚辈讲起这些糗事，并且笑说："是不是我也可以在教室挂一个牌子，上面写：林海音同学一九二五年至一九二六年曾在此教室挨揍。"

子侄们听了大笑！

五、六年级的教室，就在二年级教室的东面。我们升入六年级的第一天，下午下课前，新班主任李尚之老师，指定几个男同学，要他们下了课留在教室，先不要回家。大家疑心重重，不知道是什么事要他们留下来，打扫教室？挂贴画表？功课不好需要补习？

有一些好事的同学便也留下来不回家，躲到离教室远远的角落看动静。

第二天，你们猜是怎么回事？

好事听动静的同学告诉我们了。原来昨天教室门关起来以后，只听见李老师叫那几个男同学一字排列，严词厉色地说，他知道他们几个人在五年级时是班上闹得最不像话、又不用功的学生——五年级的钱老师是个老秀才，是好人，但是管不住学生，我就是从钱老师班升上来的，所以我知道——现在到了李老师班上，李老师说到这儿便拿起了藤教鞭，"咻！咻！"两下子，接着说："到了我这班上，可没这么便宜！"便接着在每人身上抽了几下，几个出名的坏学生，便闪呀躲呀的，可也躲不及，只好乖乖地各挨了一顿揍。

"你们怎么知道？不是教室门关紧了吗？"我们女同学问。

"趴在门窗缝看见、听见了呀！"淘气的男同学扮着鬼脸说。

"也欠揍！"我也不客气地撇嘴对男生说。

小学的最后一年，在李尚之老师的教导下，我们成了优秀生和模范班。矮矮胖胖、皮肤黝黑的李老师，是河北省人（当时的附小的老师几乎都是河北省人），他虽严厉，但教课讲解仔细，也爱护我们，我们实实在在的受益不少。这一年中也有不少学生（男生最多）挨了揍，但是我们不觉得有什么不妥当，和现在有的老师拿打人出气是截然不同的。

我在附小记忆中的老师像教舞蹈体育的韩荔媛老师、教缝纫的郑老师、二年级班主任王老师、五年级班主任钱老师（他的名字是钱贯一，反过来念就是"一贯钱"啦！）都是一生难忘的。

我们附小的年级主任是韩道之先生，他是韩荔媛老师的父亲。记得上三年级的时候，有一天他召集全校女生到大礼堂去听他训话，他发表谈话说，我们身体发肤受之父母，所以不可毁伤的伦理观念，劝大家不要随时髦剪掉辫子。因为那时正是新文化运动，西洋的各种风气东来，一股热潮，不但文化、衣着、生活上的种种习俗都改变了，剪辫子留短发也是女学生（甚至我母亲那样的旧式家庭妇女）的新潮流，韩主任的一番大道理，谁听得下去，过不久还不是十个女生有九个剪掉黄毛小辫儿，都成了短发齐耳了。我当然也是。

前面我说过，我们的缝纫教室也是学校图书室，我喜欢看书架上的杂志《小朋友》和《儿童世界》。《小朋友》是中华书局出的，《儿童世界》是商务印书馆出的。《小朋友》的创办人有一位是黎锦辉先生，他对中国的音乐教育大有贡献，我们是中国新文化开始后第一代接受西洋式的新教育，音乐、体育、美术，都是新的，我们小学生，几乎人人都学的是黎先生编剧作曲的歌剧，像《麻雀与小孩》《小小画家》《葡萄仙子》《可怜的秋香》《月明之夜》，哪一个不是小朋友们所喜欢、所唱过的？他办的《小朋友》杂志是周刊，每到星期六，我就等着爸爸从邮局（他在北京的邮局工作）提早把《小朋友》带回来。上面我爱看"鳄鱼家庭"，还有王人路（他是电影明星王人美的哥哥）的翻译作品。记得有一期登了一篇小说，说是一个王子慈善心肠，他走在路上很小心，低头看见地上有蚂蚁就踮着脚尖走，不愿踩到蚂蚁，这给我的印象很深，我虽然是任意走路的人，但是真的低头看见蚂蚁，也会不由得躲开走呢！这都是受了《小朋友》上小说的影响吧！

等我长大了，进了中学，当然更喜欢阅读新文艺作品和翻译的西洋作品，《小朋友》就不知道什么时候从我的读书生活中消失了。

今年的暮春五月，我们一群儿童文学工作者到上海、北京、天津去和大陆上的同好者开会，热闹极了，亲热极了。我在会场上认识了许多人，重要的是在上海的会中，桂文亚给我介绍了今年八十六岁的陈伯吹老先生，他一生至今都是从事儿童文学工作，写作、编辑或教书。他虽是快九十岁的人了，但健康的气色、红润的肤色、亲切的谈吐，都使人有沐浴春风的感觉。大家都很敬重他，我也一样，给他拍了照片。

这时台北的陈木城过来了，他说："来，林先生和七十岁的《小朋友》合拍一张。"原来他拿来的是一本《小朋友》创刊七十周年纪念本，全书彩色，虽然只有薄薄的二十四页，但七十岁可是个长寿呀！算起来这位"小朋友"还比我小，我们都这么健康，我虽然这么大岁数，也没有失掉孩子气，我愿意像陈伯吹先生一样，一生都要分出时间来为孩子们不断地写！

春风和煦，十年有成

——贺北京中国现代文学馆十周年

北京的中国现代文学馆友人，写信来邀我写一文以纪念该馆成立十周年。他们是于十年前（一九八五年）的三月二十六日成立的，正是风和日丽的春日之始。我在接到信后，首先便想到我和文学馆交往多久了？是一九九○年五月中旬开始的，算算已经是第五年了。

这些年来和他们相处得很好，也愉快地合作过一些事情，但是在今天这篇祝贺的小文中，我却要先提起一个人，就是该馆的第一任馆长杨犁先生。把我介绍给文学馆的，首先是我的表弟张光正，他建议我应当去参观访问这在大陆首创开馆的中国现代文学馆。于是我先向萧乾先生夫妇报告，他们很赞成，而且要陪我去。那时正是杨犁先生做馆长，他是于次年和副馆长刘麟先生同时离休的。

一九九〇年的五月十九日，我在旅馆中等待，由光正陪着杨犁馆长来接我，他是一位温文儒雅、发已花白的先生，我们一同赴馆，萧乾先生夫妇也来了，也认识了副馆长舒乙先生。该馆听说是当年慈禧太后在北京城里的过路休憩处。当然，属于皇家的地方，怎能不高贵典雅呢。我一路参观，各处所都浏览了，杨、舒二位仔细向我讲解，尤其欣赏几间存放前辈作家们所捐赠或保留的手稿等，这都是文史数据中重要的宝贝。还有一间作家影像的画室，几位大老的大画像，我特别喜欢，像谢冰心、巴金等，神采奕奕。

我便独自或合群地在各个画像下拍了一些照片，也算是我这爱照相的人的史料吧！该馆门首是由叶圣陶先生题的字，也合影了。走到图书展览室，咱们纯文学出版社的书少得可怜，我发宏愿，说回台北就先把"敝社"的书捐一整套来。我不知道他们信不信，到了八月间，他们果然就收到由香港转去的赠书了，他们高兴得不得了。自此以后，我和文学馆建立了书情、友情。我也答应了回到台湾再多方向别的出版社募捐。直到杨犁馆长退休，我就很少跟他联络了。

去年七月我有日本关西之旅，行前接到舒乙的一封信，他在信中告诉了我一个消息："杨犁馆长突患心脏病去世，享年七十一岁，昨日出殡，忙了七天。我在报上已发了文章悼念他。"

我虽然和杨犁先生很少见面（但却留下了不少张在馆中和

他参观的合影），但一样使我震惊，我对他的印象、因他的牵引而迈入文学馆的大门、他的温雅，等等。我希望能读到对他的纪念文章，给我留一份纪念，这便是我写祝贺之文的前言了。

中国现代文学馆，是一九八一年由我们的前辈作家巴金先生首先倡议号召而引起强烈响应的，接着几年下来，开会讨论、作家协会讨论通过、成立筹备会、由政府拨给临时馆址、拨款修缮万寿寺等。而巴金先生就首先捐出十五万元作为基金，接着在还没正式开幕，就先举办了"茅盾生平和创作生活展览"、"老舍生平和创作生活展览"。到了一九八五年的三月二十六日，才举行了隆重的开馆典礼，数百人参加这热热闹闹的创馆之会。我写此文也可以想象那热情洋溢的情景。接着就是陆续成立收捐赠，成立作家研究会、作家文库等。馆，是个穷馆，中外人士地参观访问不断。外面的名声可是不小。

一九九二年八月，他们有意要编辑一套台湾著名作家青少年读本文库，初步的构想是一套一套的出，一套十本，每本一人，约十八万字，内容是短篇小说、诗或散文，前有导读等。在大陆是请冰心、萧乾为顾问，在台湾约了我。我愿意为这套书出点力，因为我对台湾作家清楚，因此我开玩笑答复说："我可以做顾问，但不是名义上的，我是要真正的顾而问之。"一九九三年，我们就全年在做这件事，同年第一套完成。我特于十一月赴京，参加"新书首发会"，也热闹了一场，虽说尚有未了之事，但听说销路不错，也就欢欢喜喜了。

这个苦哈哈的文学馆，万寿寺也到期要收房不续租了，结果还好，政府已同意为文学馆建一个新馆，二万四千平方米，九千六百万的投资，由国家出钱。这全是巴金和冰心两位前辈请求的结果。而且可以筹备设计了，文学界很振奋，皆大欢喜。大家再苦一阵吧！

我虽不是文学馆的部属，但几年的相处，已经亲如一家人，你们的欢欣，就是我的快乐；你们忧愁，我就悲痛。我也对前辈作家的风范，致以最大的敬意，是以为祝。

一甲子的同学会

一甲子六十年的同学会，是在上海"举行"的，说"举行"未免夸张了，她们只有三个同学：白杨、余慧清和我林海音。

六十年前我们三人都是北京宣武门外大街春明女中的学生，慧清和我在初中二年级，白杨是小妹妹在初中一年级，我们都是十二三岁的小女生。今年九月的上海之行，距那时岂非一甲子？其实我去年五月底由北京到上海，已经和白杨举行了一次"二人"同学会了！因为我和白杨通信已有二、三年，却不知道余慧清也在上海隐藏着。这次在上海能三人聚晤数次，很愉快；其经过是这样：

去年（一九九〇年）十二月圣诞节前后，接到我三妹燕珠自上海来信，并剪附了一张十二月初的上海《新民晚报》，是一篇访问记，标题是：

淡薄自守、颇有父风

访余叔岩之女余慧清

珠妹在信上说："大姐，我找到你那要好的老同学余慧清了，敢情她一直在上海闷着！"

我看了访问记，其内容大致说，今年是徽班进京二百年纪念（京剧二百年前自安徽传进北京），也正是我国京剧须生前辈余叔岩的百岁冥寿，虽然他已经故去有半个世纪（一九四三年去世），但京剧界敬重这位独成余派的前辈，也要纪念他，却找不到他的后人，一来二去总算被记者发现余的二女儿余慧清在上海。记者访问时问她，为什么父亲的百岁冥寿活动，北京也出了一厚册《余叔岩艺术评论》以及京剧界不断研究余派艺术，都没有你的份儿？和梨园界也没有来往？慧清淡然地回答说："我们本来对于唱戏就是外行，并不感到有结交梨园界的必要。"但这次对于即将由国际京剧票房主办的余叔岩百岁冥寿活动，她倒决定受邀前往参加了。一方面去观摩"海内外余派会演"，而且还要上台向观众表示谢意。最后那位访问的记者还玩笑似的写说："这位隐居四十六年的人物，终于要抛头露面了。"

珠妹给我们联络成功，今年二月，慧清开始来了信。她非常怀念我们六十年前同学时的美好日子，说那是她最快乐难忘的时光，实在是一生的黄金时代。但她也告诉我两个不幸的消息，也是同班的她姐姐余慧文和另一位同班吴允贞，她们都在十年前故去了！别的同学的消息，她是一无所知。我看了别提多难过，她们姐妹俩是余叔岩唯有的两个女儿（续娶又生一女）。我和余氏姐妹俩及吴允贞，是初中时最要好的同学，她们不但功课好，人也忠厚老实又谦虚。

今年的七、八月时，我告诉白杨和慧清，我可能于九月上旬到上海一趟，把晤匪遥，彼此盼望着吧！白杨是个常出外的大明星，但她来信说，出外不管多么远到时候她都会赶回来。慧清心脏不好，心律不齐，我就告诉她说，这一阵子要好好保养等着会面啊！

香港的《良友画报》，是六十五年前在上海创刊的，它是我国第一家大型画刊，创办人是伍联德先生，现在的主持人是他的儿子伍福强先生，我受邀写过几次稿，所以成了熟朋友。这次的六十五周年纪念，福强决定到上海原创刊地扩大举行，也是为了纪念他的父亲。他邀我前往，并且请我开出我在上海的亲友，他将一一邀请。这倒是一个好机会，有人代你订机票、订旅馆，不用自己跑。九月八日我便随着香港良友的一伙人打道上海了。

到了上海，下飞机先全体到玉佛寺参观并吃素席，玉佛寺的住持是真禅大师，胖胖的，一口江北话和台湾的星云大师很相似呢！上海的玉佛，据说现已是世上仅有的最大玉佛了。北京北海团城的玉佛，虽也著名，但据说玉佛胳臂有断毁，后来修补过，虽看不出，但已不完美了。饭后大家回新锦江饭店，我赶快给珠妹、白杨、慧清等人打电话报到，又给《城南旧事》电影导演现在是上海电影局长的吴贻弓打电话，请他们明天一定要参加良友酒会，以便晤面。

良友六十五周年纪念酒会，九日下午就在新锦江的大厅举行，来了老中青三代和良友有关的朋友数百人，很热闹。老的一代我知道的有赵家璧、柯灵，再就是北京的名舞台演员张瑞芳，以及当年银幕上的光绪皇帝舒适等，再小就是演《城南旧事》英子一角的沈洁了。沈洁演英子时十岁左右，现在已经复旦中学毕业，要到日本去留学了。白杨接我和慧清次日去她家开同学会，她家是华山路的一幢二层楼洋房，又有一个会烧菜的娘姨。她笑着对我说："阿姨，我记得你去年爱吃的是什么菜！"

在白杨家的同学会，可也不止我们三个人，白杨还约了我妹妹、吴贻弓、沈洁、《文汇报》的副刊编辑萧关鸿，只是上得楼来，不见去年人——白杨的丈夫蒋君超先生，他已于六月间在久病之后故去。去年我来的时候，他是坐在特制的轮椅上，前面有一自用小桌，他可以跟客人一起用餐、谈话。还好如今有白杨的女儿蒋安立同住。

这一餐倒也吃得很热闹，吴贻弓文质彬彬，我觉得他很像是大学教授，他现在虽是电影局长，但更喜爱的是导演工作。

他说他很喜欢我的小说《晚晴》，认为是很好的电影素材，但可惜的是他对拍台湾部分没把握，可见其敬业和认真。

酒会的次日，良友的一批人就打道回港了，我则多留几天，非常轻松，本来想去龙华寺走走，但立刻又挤满了约会。慧清告诉我，允贞的妹妹允倬在福州听说我来了，特自福州乘飞机赶来上海和我会面，她也是春明女中更晚期的学生。慧清约定了星期五下午到她家，晚上包饺子，擀皮儿拌馅儿全是家中自制，问我吃什么馅儿？我不客气地说："韭菜馅儿，不要放肉，只要虾米皮、粉丝、鸡蛋就行了。而且也不要预备其他菜，有一个拍大蒜拌黄瓜就够了。"她点头称是，"那行，那行。"

星期五上午我先约了英千里教授的儿媳夏谊娴和妹妹来新锦江见面。谊娴的姐姐、嫂子都是我同学。谊娴小时候跟在姐姐们屁股后面跑，现在也是祖母级了。

我们在旅馆的楼下用完餐后，珠妹和谊娴便送我到慧清家去，她家住在复兴中路，即原来有名的拉斐德路，是条梧桐覆盖的街道，两旁都是小洋房，街道还清洁，小洋房却陈旧得可以。进得门来，慧清迎出来，允倬也先来了。坐在楼下客厅兼卧室的拥挤的沙发上，沙发后紧靠着的大床，倒使我想起北京慧清姐儿俩西厢房的大铜床来了。现在坐在这儿的，也是另一组三人同学会，但她们两人的姐姐却不见了。男主人李永年，虽满头白发，但也认得出当年英姿焕发的样子。他们夫妇都已从金融界退休，二人早上出去散步打太极拳，回来整整家事，和女儿女婿一起住，有一个已读中学的外孙女，一家过得和谐安乐。

二人倒是先讲她们各人的姐姐的遭遇，慧文是个中英文俱佳的医生，先前做翻译医学的工作。但是她太老实了，虽然生了两个儿子，却仍然要受制于旧家庭，她不敢反抗，逆来顺受惯了嘛！委委屈屈地病死了。至于允贞，则是在四川得了什么急病送进医院，在家人都不在身边的情况下，听说因为太痛苦，自己拔掉了点滴管，就在没人发现下失去了生命，多冤！

好了，不谈姐姐了，这时楼上也在叫吃饺子了。我们上楼，从幽暗的楼梯一层层往上走，每一步都使我小心翼翼，因为我白内障的眼睛已经难以视清了，但我的心却悠悠地回到了五六十年前北京椿树头条那所明亮的大四合院，垂花门进去，到西厢房姐儿俩的闺房，坐在擦得金光的大铜床上，吃着零嘴儿，谈谈笑笑，有时趴着窗子向外看，余叔岩穿着纺绸裤褂儿，正和同好们在比画着说唱……好了，上了危楼就到了另一间卧室兼餐厅，永年带着女儿女婿主厨，韭菜馅儿饺子热腾腾地端上来了，原来不只是拌黄瓜，还有熏鸡卤肉地摆了一桌呢。永年又拿来了西安甜酒，很好喝。

我又谈起孟小冬在台湾的情况，她已于数年前故去，她们姐妹和孟小冬极要好。我又问起余伯伯的蛐蛐罐儿，那是早就被余氏继室卖给门口"打鼓儿的"（收卖旧物的）了。戏本子我是早就听说被继室烧了，还有呢，连余叔岩的戏服也都烧光了。余氏的戏本子是很有价值的，因为是三代留传下来的。我又问起当她们姐妹陪孟小冬学戏时，也学了不少吧！慧清很谦虚地说没什么，但我知道慧清可以唱余派老生，平日有时永年拉胡琴，他们夫妇没事也唱将起来呢！而且在酒会那天，慧清给我介绍舒适，原来她曾录一卷票唱，是舒适给录制的呢！

我这时想着要慧清提提笔写点儿什么，就起题目叫《在父亲身边的日子》吧！我说，"你在陪学的中间，一定也能写点儿别人没写过的你父亲的戏剧艺术吧！"

慧清让我诱迫地答应了，果然我回来不久，她的稿子就写来了，我想读者，尤其是喜爱评剧的，是可以从中领略点儿什么吧！

附录——编辑说明

——符立中

因为《城南旧事》拍成电影，林海音在整个中国都享有高知名度。不过在台湾，林海音还有另一个望重仕林的头衔——主编。甚至包括她的儿子小说家夏烈，都认为林海音在台湾的文学发展史上，首先是举足轻重的主编，然后才是文学创作家。

林海音不止一次嘲弄自己出身北京的京片子是"大白话"，实际上在民国之初白话文学运动崛起，她以语言的优势，爽朗的个性，自然形成音韵流曳的优美文笔。加上到台湾省后担任报社副刊编辑，各类文稿看得多，技巧多方汇集，对她的创作愈添帮助。她的中长篇小说《城南旧事》《晓云》《春风》《孟珠的旅程》从取材到笔法截然不同，这就是功力所在。不过也因为编辑工作繁忙，她的创作论量较逊于同辈女作家；在她结束自己的纯文学出版社后，《林海音全集》的出版，算是为她的创作生涯做了一次总结。

林海音是台湾苗栗客家人，在日据时代出生于日本大阪，三岁时回到台湾，五岁举家迁居北京。北京和台湾，成为她的"永远的乡愁"。由于父亲早逝，她坚毅自强，十六岁时考取了当时的北平世界新闻专科学校，一边读书，一边实习采访。这是她文字创作的起源。而当"七七事变"爆发后，她从记者转变为图书馆管理员，这促使她的文字产生了第一次的蜕变。她从客观的新闻报导转变成抒发自我的感受，加上生活在日寇统治下的压抑，她变得沉静和收敛。到了台湾省以后，她以受过新闻编采训练的敏锐和干练，采撷周遭所见所闻，加上回忆时移事往，写出一篇篇故都风情画，这造就她的不朽。

林海音服膺一句话：小说家应有广大的同情。她在很多作品的编写上，都以人性的温暖来当作结尾或出口。除了三本长篇小说都是以出现第三者作为题材，她也花费了相当多的精力着墨在婚姻和爱情的故事里，让人联想到她的爽朗和豁达也许并不见得是天生，而是身处在特殊的年代，看遍周遭的历练，所奉持的人生修养。

1995 年，在台湾省"呼风唤雨"多年的林海音，在年事已高加上图书市场不景气的双重考虑下，结束了一手创立的纯文学出版社。晚年她与疾病奋战多年，于 2001 年逝世，享年 83 岁。本书以林海音毕生奋力描绘的两地——北京与台湾，作为林海音作品编排的文学场域，让读者领会林海音建立在乡土热爱之上、以广大的同情为出发点的创作精品。无论写情写景，林海音心直口快的京片子仿佛都栩栩如生地跃于纸上，不单让读者重温旧时代老北京的人情，也让编者回想起她的音容笑语。

符立中

作家、乐评家，亦为重要张爱玲、白先勇评论家。《张爱玲与白先勇的上海神话》获李欧梵赞美"创见和灼见累累"，夏志清称誉为"当今台湾文化界的奇才"。陈子善撰文称《对谈白先勇》为"不可不读此书"。小提琴师从谢中平，十七岁即名列台湾最重要的乐评人，二十年间台湾古典乐评多受其影响，更被广为模仿。现正参与张爱玲电影《第一炉香》的摄制工作。

符立中文笔擅以繁复音韵营造气派、华丽的意象，曾应邀与程抱一、高行健、林怀民对谈；为 EMI 制作法国国宝 Mesple 专辑。曾专访 DIVA. B. Nilsson、Dame. Schwarzkopf、Vishnevskaya、Marton、Von Stade 等乐史传奇。多部专著曾获五四文艺奖章。

图书在版编目（CIP）数据

慢慢走，总会到的 / 林海音著. —— 南京：江苏凤
凰文艺出版社, 2019.9
ISBN 978-7-5594-3718-1

Ⅰ. ①慢… Ⅱ. ①林… Ⅲ. ①散文集 – 中国 – 当代
Ⅳ. ①I267

中国版本图书馆CIP数据核字（2019）第084491号

慢慢走，总会到的

林海音　著

责任编辑	唐　婧	
图书策划	韩成建	
装帧设计	尚燕平	
责任印制	郝　旺	
出版发行	江苏凤凰文艺出版社	
	南京市中央路 165 号，邮编：210009	
网　　址	http://www.jswenyi.com	
印　　刷	北京文昌阁彩色印刷有限责任公司	
开　　本	880 毫米 × 1230 毫米　1/32	
印　　张	9.5	
字　　数	150 千字	
版　　次	2019 年 9 月第 1 版　2019 年 9 月第 1 次印刷	
书　　号	ISBN 978-7-5594-3718-1	
定　　价	45.00 元	

江苏凤凰文艺版图书凡印刷、装订错误可随时向承印厂调换
电话：（010）83670070